丘野優
2
Illust. 布施龍太
役目を果たした
日陰の勇者は、
辺境で自由に
生きていきます

CHARACTER

自分の力で開拓したいんだ

クレイ・アーズ

王子率いる勇者パーティーに荷物持ちとして
参加していたが、引退して夢だった
辺境開拓に勤しむことに。
実は魔王討伐の真の功績者で…!?

Clay

昨日はよく眠れましたか？

リタ

辺境までの道のりでクレイが助けた商人の娘。
彼の家を滞在場所にしている
クレイと同居状態。
しっかり者で頼れる存在。

Rita

辺獄が完全に開拓されるのも時間の問題ね、これは…

フローラ

勇者パーティーの元メンバー。
王都で聖女として働いていたが、
仕事に疲れて辺境まで
クレイを追いかけてきた。

Flora

僕の実力の証明とやらの話を受けようか
ユーク
勇者であり王国の第二王子。
魔王討伐の褒賞を受け取るよう
クレイを説得するが、断られてしまう。
自身もかなりの実力者。
Yuke
この世にお主以上の才を持つ者はおらん……
テリタス
世界的にも有名な不老長寿の賢者で、
勇者パーティーの元メンバー。
少年のような見た目をしているが、
実はかなりの高齢。
私の相手をするには力不足だね！
アメリア
辺獄に住む獣人族のひとり。
身体能力が非常に高く、
獣人族特有の《気》を操り
大斧を使いこなす。

CONTENTS

Yakume wo hatashita
hikage no yusya ha henkyou
de jiyuu ni ikiteikimasu

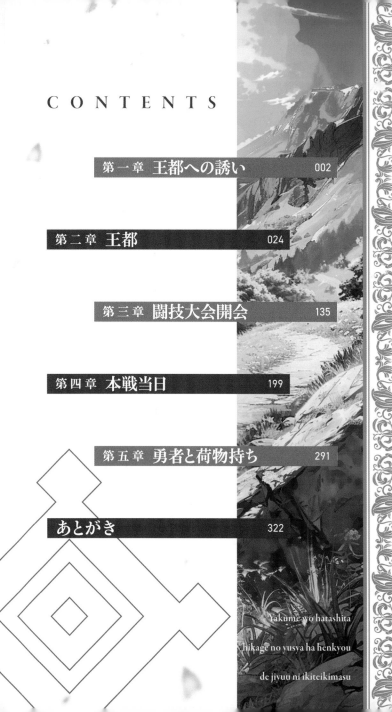

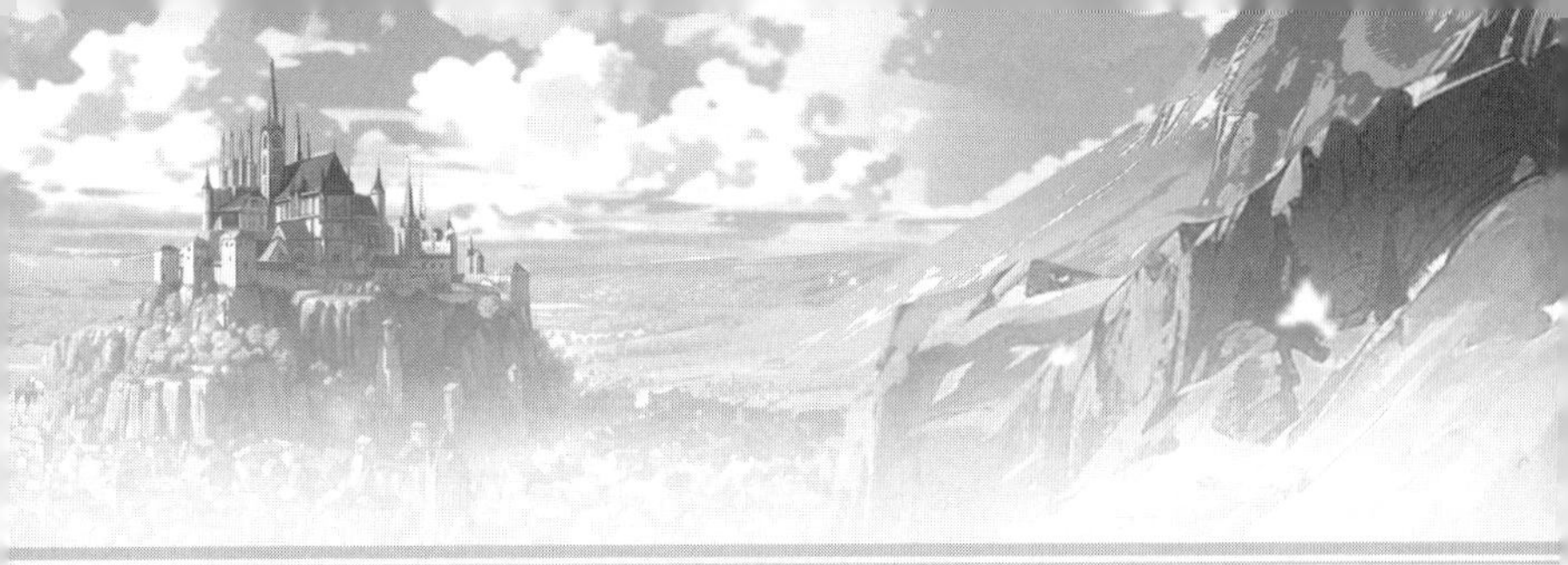

役目を果たした日陰の勇者は、辺境で自由に生きていきます 2

丘野優

Illust. 布施龍太

第一章　王都への誘い

「……五匹ものゴブリンに囲まれて、もうさすがにどうしようもねぇ。俺がそう思ったその時のことだ！　後ろから強力な雷撃魔術が放たれて、全部いっぺんに倒されちまったんだよ。誰がやったと思う？　振り返ってみると、そこにいたのはエルフでなぁ……」

エメル村唯一の酒場で、村人のひとりが結構な音量でそんな話をしている。

そこまで広くない店内だ。

会話の内容は筒抜けだが、客たちは誰も大して気にしていない。小さな村であり、村人全員が知り合いであるため、多少うるさいくらいは許容されるからだ。

男はだいぶ酔っているようだし、見逃される範囲というわけだな。

「それにしても辺獄のエルフも変わったというか、エメル村の村人には普通に顔を見せるようになったわね」

俺――黒目黒髪の、勇者パーティーの元荷物持ちことクレイ・アーズと同じテーブルについているフローラ・リースがそう呟《つぶや》いた。

彼女は創造教会の聖女であり、また長く美しいウェーブがかった髪に、空を写し取ったかのような青い瞳を持つ絶世の美女でもあるが、意外にも辺境にあるエメル村の酒場にかなり馴染《なじ》んでいる。

よく通っているというのもあるが、職業柄か、彼女は自分の輝きをコントロールするのがうまいからだった。

信徒に説教をする時は厳しくも清廉な雰囲気を出すし、人の心に訴えかけなければならない時はその清純さを前に出しつつも儚《はかな》さを演出したりすることも自由自在である。

ただ、そんな彼女も俺たち——元勇者パーティーのメンバーの前で仮面を被ることはない。

数年間一緒に旅をしたために、その地が全員にバレているというのもあるが、それ以上に気が楽だからだろう。

他のメンバーがフローラに対してなにかを隠すようなこともない。

魔王を討伐するために組まれた勇者パーティーは、勇者がこの国の第二王子ユーク・ファーガス・アルトニア、絶世の美女である聖女フローラ、世界的にも有名な不老長寿の賢者テリタス・モーロック、それに加えてただの村出身の荷物持ちである俺と、かなり異色の面々で構成されていた。しかし、思った以上に馬が合って、親友と言ってもいいような関係を築いているのだ。

「その辺りは俺たちがエルフの集落に居座ってた黒竜を討伐したことが大きいだろうな。俺が辺獄の開拓を申し出たのもあるし、かなり協力的に振る舞ってくれてるよ」

エルフ——それは精霊と親しむ神秘の種族である。

彼らはエルフィラ聖樹国というところにその大半が住んでいると言われていて、それ以外の場所では中々見ない。

けれど、俺たちはエルフがこの国の辺境に存在する魔境、辺獄にも住んでいることを発見した。そして彼らと交流を持とうとしたのだが、その際に彼らの苦悩や考えを知ることになった。

神と崇める世界樹を黒竜にむさぼられており、辺獄のエルフたちは絶望の淵にいた。

けれど俺とフローラは、そんなエルフたちに会いに行く道すがら、たまたまその黒竜に遭遇して討伐したのだ。

そしてそのままの足でエルフの集落に辿《たど》り着き、事の顛末を説明すると、恐ろしいほどに感謝され、エルフたちとの交流を持つことができるようになったのだった。

以前であれば、辺獄の畔に存在するこの村、エメル村の住人とも積極的な交流を持つことがなかった辺獄のエルフたちだが、それ以来少し考えが変わったらしい。

今では定期的にエメル村に顔を出したり、森の中で魔物に襲われそうな人間がいたら助けてくれたりしている。

「開拓するのはいいんだけど、どのくらいの規模でするつもりなの？　辺獄の森全部を伐採して街にする、とかそんなつもりがないのは想像がつくんだけど、具体的なビジョンがあった方が私も手伝いやすいわ」

フローラが、ちらりと俺に視線を向ける。

「手伝いって、お前、帰らなくていいのか？」

俺が心配するのにはちゃんと理由がある。

そもそもフローラは聖女だ。

聖女というのは創造教会において最高位に位置する聖職者であり、フローラは実際にその名にふさわしい能力を持っている。

信仰心という意味では少しばかり怪しいかもしれないが、神聖力において彼女の右に立てる者はいないと言っていいほどだ。加えて単純に腕っぷしの方も飛び抜けていた。

勇者パーティーでやっていけるということはそういうことなのだ。

聖女だからといって魔物と接近戦をしなくていいわけじゃない。

そもそも、神聖力を使った術——法術系は、身体強化と相性がよく、彼女と俺が力のすべてを使って腕相撲をした場合、その勝敗は読めないほどだ。

そんな彼女を教会が遊ばせておくわけもなく、魔王討伐を終えた後から彼女には大量の仕事が舞い込んできた。世界各地を回っての説教やら、重い傷病者の治癒やら、外交やらと多忙な日々を過ごしていたらしい。

それがなぜ今ここにいるかというと、勝手に休暇をもらったからだ。

そんなことが許されるのか、教会を首になってしまうんじゃないのかと聞きたくなるところだが、彼女はそこまで深い信仰心を持っていない。もちろん、神を信じてはいるのだが、教会そのものに深く帰依しているわけではないのだ。

だから首になったところで構わない、むしろ自由を得られるから好都合とまで考えている節がある。

そんな彼女だからこれほどの好き勝手ができるわけだ。

とはいえそれなりに聖女としての義務も自覚しているようで、フローラは俺に寄りかかって少し面倒くさそうな表情をする。

「帰りたくなったら帰るわよ？　あぁ、でもそういえばあれがあるし、教会に戻るとか関係なく、一旦王都には行くつもりだけどね」

「あれ？」

首を傾げる俺にフローラは少し口を尖《とが》らせる。

「あんたねぇ、親友のことでしょ？　忘れないでやりなさいよ……ほら、ユークの模擬戦よ」

「あぁ、それか」

ユークの模擬戦、それは王都で開かれるという勇者ユークの実力披露のことだ。

ユークは勇者パーティーのリーダーであり、この国の第二王子でもある人で、今や世界で最も名の知られた人物と言っても過言ではない。

魔王討伐を果たした勇者なのだから、当然だ。

けれど、少しばかり厄介な立場に立たされており、魔王討伐の旅から帰還して以降は、王宮で政治闘争をする羽目になっている。

彼は第二王子であり、兄がいる。もともとは兄の方が次期国王として有望と見られていて、ユークは魔王討伐の旅のどこかで死ぬだろうとまで思われていた。

それが実際に魔王討伐という偉業を達成して帰ってきてしまったのだから、中央貴族たちの焦りようは想像がつく。

強く、賢く、美しいユークを、今では国民の多くが次期国王にと考えていて、第一王子を今まで支持してきた者たちはかなり厳しい状況に置かれているのだ。

今さらユーク側につくこともできないから、なんとかしてユークに失点を与えようとしている派閥がある。

その代表格がコンラッド公爵だ。彼は魔王討伐という大偉業を本当に達成したと主張するなら、その強さを国民の前で証明すべきとユークに提案して、模擬戦を企画したのだ。

コンラッド公爵は、ユークは魔王討伐などしておらず、したがって大した実力もなく、だから市井最高の実力者であるS級冒険者を三人も用意すれば勝つことはできないと考えているようで、一対三の模擬戦を組んだ。

この模擬戦の開催日が近づいているのだ。

「別に無理に見に行かなくても、ユークなら余裕だろ？」

俺がフローラにそう言うと、彼女はため息をついて呆《あき》れたように見つめてくる。

「それでも見に行ってやるのが友達ってもんじゃない……。ユークはあんたが押しつけた面倒事を全部文句言わずに引き受けてるんだからね」

「それを言われると確かに弱いんだが……」

「ま、そもそも魔王討伐っていう最大の面倒事の解決をあんたがすべて引き受けたんだから、文句言えないのはユークの方かもしれないけどね。私だってそうだし」

フローラが村の酒場でするには問題のある話題を口にするが、これは周囲に聞こえないように結界を張っているから問題ない。

俺たちの正確な身分は、今でも村のみんなには内緒なのだった。

ことさらに隠し通したいというわけでもないが、あえて喧伝《けんでん》するのもそれはそれで面倒くさいから、とそういう感覚だった。

それにしても、魔王討伐については……。

「あれはみんなでやったもんだからな」

実際そうだ。俺ひとりではどうやったって不可能なことだった。

ユークにフローラ、そして賢者であるテリタス。

この三人がいたからこそ、初めて可能だったことなのだ。

俺に伝えられる限りの技術を伝えてくれた彼らがいたからこそだ。

俺には非常に地味かつ微妙な才能であるスキルシード《模倣》と《鑑定》があったが、そこに可能性を見出してくれたのが大きい。

《模倣》は通常ならただ、人のもの真似が多少得意になる程度の器用貧乏だし、《鑑定》も物品の鑑定が得意になりやすい程度のものだと言われている。だが、その両方を持つ俺には、幅広い技術を《鑑定》し、《模倣》することができるのではないかと色々試してくれたのだ。

結果としてその試みは成功し、俺は三人の技術のほぼすべてを吸収し、その力によって魔王討伐を果たした。

だから俺ひとりが成し遂げられたことなど、なにもなかったということだ。

けれどフローラは首を横に振って言う。

「謙遜もそこまで来ると嫌みよ。素直に誇りなさいよ」

どうにもこの聖女様は俺に対する評価が過大だ。ユークとテリタスもその傾向があるが。

もちろん、一緒に戦った戦友たちからそのように見られているというのはくすぐったくはあるものの、嬉《うれ》しい話だが、あまり言われるとちょっと居心地が悪いところもある。

だから俺は言う。

「まぁ、それはいいだろ。けど、ユークの戦ってるところは見てみたいとは思ってる。せっかくだし、もちろん行くさ。……けど、その間は辺獄の開拓はお預けってことになるな」

少し残念に思ってため息をつく俺に、フローラは言った。

「辺獄開拓は急いでるわけでもないんだからいいでしょ」

確かに言われてみるとそうだ。

そもそも辺獄開拓は、期限が決まっていることでもなんでもない。

魔王討伐した後、俺が英雄として扱われることよりも自由な生き方を望み、辺境にある魔境、辺獄開拓を個人的に始めただけだからだ。

だから俺は頷《うなず》いて、

「ま、それもそうだな」

そう言ったのだった。

＊＊＊＊

「えっ、王都に行かれるんですか？」

次の日、エメル村に住んでいる行商人、グランツの家をフローラと共に訪ねた。

すると、今年十七歳になるグランツの娘、リタがその茶色の三つ編みを揺らしながら目を見開いた。

「あぁ。さっき、王都の友人から連絡が来てな。王都で友人が参加する祭り……みたいなものが今度開かれるんだが、その日程が決まったから、来いって言われてさ」

色々ぼかしているのは、細かく話すと俺たちの身分がバレてしまう部分が多いからだ。

たとえばユークの名前を出したら一発だ。

勇者ユークと一緒に旅をした人間なんて三人しかいないのだから。

バレたところでなにか大きな問題があるわけでもないのだが、あえて知らせて引かれたくもない。

「そうなんですか……いいなぁ。私も行きたい」

リタがそう言ったので、フローラが尋ねる。

「リタは王都に行ったことはあるの？」

「小さい頃に一度だけ行ったことがあるらしいんですけど、記憶があまりなくて……。領都が私にとって最大の遠出ですね」

「そっか。領都もそこそこ都会だけど、王都とは比べものにならないし、一回くらい行ってみてもいいわよね……グランツさん、どう？　リタも連れてってていい？」

フローラが急にそう尋ねるが、四十半ばでも未だ若々しい様子の家主のグランツは驚いた様子もなく答える。

「リタが行きたいなら構いませんよ。魔道具師としての見聞を広められるでしょうし、単純に観光にもいいでしょうしね」

これに驚いたのはリタで、

「え、いいの？　王都まで行くのに結構お金がかかっちゃいそうだけど」

そう言った。

羨ましそうな顔をしながらも、きっと行けないないという表情をリタがしていたのは、そういう理由かららしい。

けれど彼女の父は言うのだ。

「それくらいは出すよ。それに、リタはまだよくわかっていないみたいだけど、魔道具師というのは本当にかなり稼げる職業だ。いずれそれくらいのお金はすぐに入ってくるようになる」

リタは《上位魔道具師》のスキルシードを持っており、多少の基礎しか教えていない今でもすでに相当な腕になってきている。

その気になれば、もう王都までの路銀くらい、自分の手で稼げる。

もちろん魔道具は高価な品物であるから、購入できる人間が大勢いるところの方が儲けやすい。この点、王都などまさにうってつけである。

だから俺は言った。

「王都に行くまでまだ少し時間はあるから、それまでに今まで教えた魔道具をいくつか作って、王都で売ってみたらどうだ？　多分それで路銀くらいは簡単になんとかなるぞ」

「本当ですか？」

「あぁ。ただそもそも、王都までの旅ではそれほど金はかからないと思うけどな。馬車は俺の持ってるので行くし……宿代くらいか。ただそれにしたって……」

「私が出すから平気よ。宿場町の宿代って大抵ひと部屋いくらだし、私がもともとふたり部屋を借りるからね」

フローラがそう話す。

彼女は別に浪費家というわけではないが、眠る場所には並々ならぬこだわりを持つ。

普段というか、魔王討伐の旅では野宿も多く、それに対して文句を言ったことはほとんどなかったものの、宿に泊まれる時はしっかりと吟味して泊まる派なのだ。

そしてそういう時はだいたいふたり部屋以上をひとりで借りる。

まぁ、部屋は男三人とフローラでそれぞれひと部屋ずつ、という部屋分けになるのが大半だったから、必然的にそうなってた感じだが。

今回の王都への旅だって、俺とフローラは別々に部屋を借りることになるし、個室となると大抵がふたり部屋以上になる。

だからリタが増えたところで宿代が増えることはないのだった。

「ありがたいですけど……いいんでしょうか？」

リタがフローラにそう言うと、彼女は頷く。

「いいのよ。せっかくの観光に女子が私ひとりっていうのも寂しいしね。今回の祭りは結構大規模だと思うから、露店の類も大量に出るだろうし、そういうところを楽しむにはリタもいてくれた方がむしろありがたいわ。クレイはその辺り、どこか淡泊なんだもの」

ジト目で俺を見るフローラ。

「いや、そんなことはないだろ。俺だって祭りはそこそこ楽しむ派だぞ」

「そうかしら？　あんまりそんなイメージはないけど」

「そりゃ、みんなで旅をしてた時は目的が目的だったから、あんまり弾けられなかったんじゃないかな。ただ今回はただの物見遊山みたいなもんだし、楽しむつもりはあるぞ」

「そう？　ま、それならそれでいいんだけど……やっぱりクレイだけだと、どれだけ祭りを楽しめるかわからないから、保険としてリタもいてくれた方がいいわね」

「そういうことならご相伴にあずからせてもらいますけど……あ」

そこでふと、リタがなにかを思いついたように声をあげたので、フローラが首を傾げる。

「どうしたの？」

「いえ、私を連れていってくださるなら、キエザが羨ましがるんじゃないかなって」

リタが言及したキエザとは、このエメル村の少年であり、俺がリタに粉をかけるんじゃないかと心配して以前突っかかってきた人物だ。色々あって今では俺を兄貴と慕ってくれている。

そんな彼が羨ましがると言われると確かにそうかもしれない。

「あぁ……それはそうかも。じゃあついでにキエザも誘いましょうか。きっと行くわよね？」

「間違いなく」

リタはそう即答したのだった。

＊＊＊＊＊

「連れてってくれ！　兄貴！」

グランツの家からキエザのところに向かって、先ほどの提案について話すと、すぐにそう返ってきた。

俺に縋りつくようにしているのは、そうしなければ置いていかれるとでも思っているのだろう。

「とりあえず立て」

俺がそう言うとキエザは、

「……俺を置いてかないか？」

と子犬のような目で尋ねる。

もう成人として扱われる十五歳になっているとはいえ、俺から見るとキエザはまだまだ子供で、そんな風に振る舞われると弱い。

俺はため息をついてキエザを見下ろす。

「置いてかないから、立て」

「わかった！」

俺の言葉にすぐに反応して直立したキエザは、それから少し首を傾げる。

「……だけど、王都まで路銀っていくらくらいかかるんだ？　貯金あったかな……」

これで俺たちに寄生するつもりはないというか、金勘定にはしっかりしているので好感が持てる。

ただ、今回については特にそんな心配などいらないのだ。

俺はその点について説明する。

「路銀は全部俺が出すから気にしなくていい」

「ええっ!?　だけど、兄貴……」

「もともと、馬車は自前のがあるし、宿だってふたり部屋を普通に借りるからな。食事代以外が増えることはないんだよ」

「そういうことか……」

「食事代くらい大した額でもないしな。だから心配しないで来い」

「ありがたいな……親父、いいか？」

キエザが自分の父である、グランツと同じ世代の、しかし彼とは違って戦士といった雰囲気のアルザムにそう尋ねた。

彼はキエザの言葉に頷いた。

「あぁ、構わねぇよ。しかし王都か……俺も行きたかったが……」

「アルザムも来るか？」

「いや、俺は村を守らないとならねぇからな。最近はエルフたちが協力してくれてるとはいえ、まだ森に出る魔物の数は完全にいつも通りにはなってねぇんだ。しばらくは村を離れるわけにはいかねぇよ」

「そうか……」

アルザムはエメル村の守人だ。

村に魔物が出現した場合や、森で村人が襲われた場合には彼が対処することになる。

普段の魔物の間引きなんかも彼の仕事だ。

最近、黒竜のせいで森に魔物が増えていたので、それが普段通りに完全に戻るまでは放置できないというのは納得の理由だった。

「ま、そういうことだからお前たちで楽しんでこいや」

「あぁ、そうするさ」

そう答えた俺に、アルザムは思案げに呟いた。

「でも、いいのか？」

「え？」

「クレイとフローラの嬢ちゃん、それにリタとキエザで行くのはわかったが、ほら、あのエルフの嬢ちゃんも一緒じゃなくて」

確かに言われてみると、とは思った。ただ彼女を積極的に誘おうと考えてこなかったのは理由がある。

「あぁ、シャーロットか？　でもシャーロットは森から離れたがらないんじゃないかな」

アルザムはシャーロット——つまりは、辺獄に住まうエルフの長老の孫とも面識がある。

というか、定期的に辺獄にある俺の家にシャーロットが来るので、アルザムと顔を合わせる機会も多いのだった。

「それはちゃんと本人に聞いた方がいいぜ」

「そうか？」

「そうだよ。後でなにかあったら恐ろしいからな……」

珍しく震えるようにそう言ったアルザムに俺は首を傾げたが、アドバイス自体はまっとうなものなので、俺は頷いて答える。

「じゃあ、そうするよ」

＊＊＊＊＊

「もちろん、行きます」

エルフらしい絶世の美貌を持つ、しかしエルフであるがゆえに容姿と年齢が比例していないだろうシャーロットは即座にそう答えた。

　思いついたが吉日というか、出発日までそこそこあるといっても、早いうちに伝えた方がいいかと思って、俺はキエザの家を出てすぐに辺獄の奥地にあるエルフたちの集落、ヴェーダフォンスまで走った。

　普通なら結構な時間がかかるだろうが、一度来たことのあるところだし、エルフたちの張った結界も俺にはなんとでもできるため、一時間もかからなかった。

「……意外だな。断られるかもと思っていたよ」

　俺がそう言うと、シャーロットは首を傾げた。

「そうですか？　またどうして」

「いや、辺獄のエルフはここを離れたくないんじゃないかと思ってさ。あの世界樹って、エルフたちのご神体みたいなものなんだろう？」

　窓の外に見える神聖な樹木に視線を向けて俺が尋ねると、シャーロットは言う。

「確かに可能な限り、世界樹様の近くにいたいとは思うのですが、絶対に遠出をしないとかそういうわけでもないので。たまには旅をするのもいいですよ」

「思ったより緩いんだな、その辺り」

「ええ。集落から出て何十年も旅したりする人もたまにいますよ。まぁさすがにそこまでになると少数派ですけど」

「そうなのか……」

「私もそこまでするつもりはないです」

「今回の旅は長くても二週間前後ってところだから、問題ないか」

「ええ。それ以上でも平気ではありますが、今の世界樹様はまだ弱っているので、お務めを果たしに戻ってきたいですしね」

世界樹は黒竜によって五年もの間、むさぼられ続けた。

黒竜は巨大で、その巨体に見合った食欲を持っていたから、そんなものに五年も葉や枝を食べられ続けた世界樹はほとんど枯死してしまう間際にあった。

けれどその黒竜がいなくなってからは、集落に住まうエルフたちが毎日、自分たちの魔力を捧《ささ》げ続けた。

その結果として、今では世界樹は青々とした葉を抱える美しい姿を取り戻しつつある。

それでもまだ完全とは言いがたく、隙間も目立つのだが、このまま枯れてしまうような未来は訪れないだろうとひと目見ただけでもわかるくらいだった。

「わかった。じゃあ、そういうことで……」

と、俺が言ったところで後ろから声をかけられる。

「クレイ殿。その旅なのですが、わしもついていってもいいですかな？」

振り返るとそこには辺獄のエルフたちの長老であり、シャーロットの祖父でもあるメルヴィルの姿があった。

　エルフには珍しくかなりの老齢だが、それでもその美しさは失われていない。

「……長老。別に構いませんが、またどうしてですか？　長老も祭りに興味が？」

　シャーロットはまだ若いエルフだ。好奇心もそれなりに旺盛で、旅や王都に興味が湧くのもわかるが、メルヴィルはそうではない。

　エルフは年を取るにつれて世間に対する興味が薄くなっていき、行動も消極的になっていくため、まるで植物のようになっていくと言われる。

　だからメルヴィルの提案は意外だったのだ。

「もちろん、わしもまだまだ世間に対する興味を失っているわけではありませんし、王都での祭りとやらも楽しませてもらいたいですが……それとは別件で、王都を尋ねなければならなくなりまして」

「と言いますと？」

「以前、エルフィラ聖樹国のエルフのお話をしましたでしょう？」

「あぁ……」

　一般的に、エルフの大半はエルフィラ聖樹国と呼ばれる国に住んでいると言われ、それ以外のエルフは少数派だ。もちろん、まったくいないというわけではなく、ただだいたいがどこかの森の奥深くなどに隠棲している。

そのため、エルフに会いに行こうと思ったらエルフィラに行くのが一番楽だ。そんなエルフィラだが、辺獄のエルフに言わせるとかなり弱体化しているらしい。

エルフィラにはハイエルフがいないからだ。

エルフにはその始祖である能力の高いハイエルフという上位種がいる。シャーロットとメルヴィルはハイエルフであり、辺獄のエルフたちからは、ハイエルフが生まれる可能性があるのだという。

エルフィラで生まれることはなく、その理由についていくつかの考察をメルヴィルに語ったことがあった。

「以前、クレイ殿が話されたハイエルフが生まれる理由……それについて、聖樹国の知人に連絡を取ったところ、王都で話したいと言われましてな」

「そういうことでしたか」

「ええ。それで、いつ向かおうかと考えていたのですが、クレイ殿たちが向かわれるのであれば、ついていかせてもらえればと……。わしも結構な年です。さすがにひとりで王都まで行くのも骨でして」

メルヴィルはそんなことを言うが、彼は十分に矍鑠《かくしゃく》としているというか、その辺の人族の若者よりも間違いなく体力がある。それに加えてエルフが持つ精霊術、魔術の実力もあるから、ひとり旅も余裕でできることだろう。

それなのに俺たちと、というのは……まぁ、孫娘と一緒に旅をしたいとか、そんなところではないだろうか。

これについては別に止める理由もないしな。

それにメルヴィルがいれば、色々な話も聞けるだろうし、悪くない。

かつての勇者パーティーでの旅においては、賢者テリタスが各地で様々な話をしてくれた。

当初は話したがりなのだろうかと思っていた彼の話だったが、後々になって振り返ってみるとあれは、旅の空気が重くなりすぎないようにという配慮だったのだろう。

加えて、当時の俺は無知だったから、知識を与えてくれていたのもある。

そういう役割をメルヴィルに期待するのは悪いことではないだろう。

俺やフローラはともかく、リタやキエザにとってはエルフの話というのは貴重だろうしな。

ついでに聞いてみたいことも結構あるし。

だから俺は言った。

「ではぜひ長老もご一緒しましょう。出発は一週間後になりますので、その時にエメル村まで来ていただけますか？」

「ええ、孫と共に参りましょう」

メルヴィルは微笑んで頷いた。

第二章　王都

「ここがアルトニア王国の首都……王都フラッタなんですね！」

リタが馬車の幌《ほろ》から顔を出し、王都の賑《にぎ》やかで活気のあふれる都会的な景色を見て目を輝かせる。

そう、二週間前にエメル村を出発した俺たちは、無事、今日王都に辿り着いたのだ。

道中、魔物や盗賊なども出現したにはしたが、俺とフローラがいる時点でまったく敵ではなかった。

初めての長旅をすることになったリタやキエザを怯《おび》えさせたくなかったから、魔力探知の範囲に入ってきた時点でさっさと倒してしまったので、ふたりは特に危険なことはなにもなかったと認識しているかもしれない。

「あぁ、リタは初めてなんだよな。キエザもそうだったか」

馬車の御者をしながら俺が尋ねるとふたりは答える。

「ええ、やっぱり領都と比べてもものすごく都会ですね……道も広いし、建物も大きいですし。それにすごく賑やかです」

「村じゃ見ることがなかった色んな種族もいるな。エルフはいないみたいだけど」

キエザがそう言って、シャーロットとメルヴィルを見る。

実際、王都を行き交う種族は多岐にわたるが、エルフの姿はひとつもない。

これにはメルヴィルが答えた。

「エルフの大半はエルフィラ聖樹国におりますが、かの国はかなり閉鎖的ですからな。よほど変わったエルフでない限りは、外には出ないのです。それか、なにか目的がある場合か……」

キエザに対して随分丁寧な口調だが、メルヴィルは俺の周囲の人間に対してはほぼすべて、この感じで話すことにしたらしい。

さすがにエメル村の他の住人にはもっと普通に話すのだが、リタやキエザに対しては丁寧なのだ。

ふたりとも、メルヴィルのこの口調にはだいぶ恐縮していて、やめてほしいと頼んだが、ヴェーダフォンスの未来と世界樹を救った俺に近しい人間に対して失礼はできないと、メルヴィルはかなり頑固なのだった。

結局なにを言っても変える気はなさそうなので、最後にはリタたちの方が諦めた。道中でだいぶ慣れたのもある。

それにメルヴィルは口調も態度も丁寧だが、かといって変に自らを卑下しているような感じはなく、この話し方が自然な人なのだ、という感覚になったのかもしれなかった。

「目的ってなんだ？」

キエザが尋ねたのでメルヴィルが言う。

「色々と考えられますが……エルフィラ聖樹国がいかに閉鎖的とはいえ、他国との外交は当然ありますからな。その際の外交を担当する人員ですとか……民間ですと、商人などもあり得ますが、その程度でしょうか。他には……そうですな、変わったところですと、冒険者もおりますが、エルフの冒険者はかなり少数ですから、それこそ滅多に見ないかもしれませぬ」

「へぇ、なるほどな」

頷くキエザ。

そこにシャーロットが、

「お祖父《じい》様は外のことにかなり詳しいのですね？」

と尋ねる。

どうして辺獄の森に籠もっていたのに、それほど辺獄の外について詳しいのか、疑問なのだろう。

実際、シャーロットはあまり詳しくない。

辺境を出てから様々なものに興味津々で、色々と俺たちに尋ね続けたほどだ。

考えてみると、メルヴィルにはそういうところはなかったな。

メルヴィルは言う。

「確かにわしは大半をあの森で過ごしてきたが、若い頃は外もそれなりに経験しておるからのう」

「え、そうなのですか!?」

意外にもシャーロットが目を見開く。

「言っておらんかったか？　まぁ、それでも百年、二百年は昔のことになる。最近は、外部とたまに連絡を取っている程度じゃ」

「連絡は……あぁ、森から出た者たちからのものですか」

辺獄のエルフの大半はあの森に籠もっているとはいえ、中には外に出ていく者もいるとシャーロットが言っていた。

そういう者たちとも、メルヴィルは連絡を取り続けているということだろう。

「そうじゃな。今までお前はあまり興味を持たなかったが、そこそこおもしろい報告などもあるのでな。森に戻ったら読むといい」

「いいのですか？」

「誰か個人に向けてというよりも、外部からの情報の少ない集落に向けての報告書のようなものじゃからのう。誰が見ても問題はない」

「そうなんですね、帰ったら読んでみます」

そんな会話がなされている中、俺は馬車を進めていくが、ここで少し問題が発生した。

「うーん、まずいな」

俺がそう呟くと、フローラがすぐ後ろに来て、

「どうしたのよ？」

と尋ねる。

「いや、馬車を停められる宿をさっきから回っているんだが、どこもいっぱいらしくてな。どうしたものかと……」

「さっきから停めては降りて、を繰り返してたからどうしたのかと思ってたらそういうこと？　なるほどね。ただ仕方がないわね。街の様子を見ればわかるけど、どこもかしこも第二王子殿下の模擬戦の話で持ち切りだもの。近隣の村や町からもたくさん人が来てるみたいだし、商人なんかも大勢来ているしね……今、宿を取ろうとしても遅いわ」

「言われてみるとそうだよな……失敗した。もう少し早めに来るべきだった」

「過ぎたことを言ってもしょうがないから、次善の策でも考えましょう。最悪、教会の宿舎って手もあるけど？」

「宿舎？　そんな手段があるのか」

驚いて言った俺に、フローラは微笑んで答える。

「教会はお金を持ってるからね。この人数くらいなら優に泊まれる一軒家をいくつか所有してるのよ。普段は来賓とかに貸し出すためのものだけど、そういうところを借りることはできるわ」

「だけど、お前は嫌だろ？」

当然ながら、そんなものは普通借りられない。

その無理を通すというのは、聖女としての威光をこれでもかというくらいに使うということだ。そうなると、今後フローラが教会からなにか頼まれた時に断りにくくなってしまう。

だがフローラは言う。

「嫌だけど、他に方法がないなら仕方がないわ。私とあんただけなら街の外で野宿したっていいんだけど、リタとキエザにそれをさせるのはかわいそうだし」

「シャーロットとメルヴィルはいいのか」

「あのふたりは森で過ごしてきたエルフだけあって、サバイバル術に長《た》けてるし、道中の野宿も慣れたもんだったでしょ。気にしないと思うわ」

「確かにそう言われるとそうだな……」

ここまで来る途中、何度か野宿をしたが、あのふたりはかなり役に立ってくれた。

薪集めも食事のための獲物の狩りも余裕でこなす。

まぁ、そういう生活を辺獄の奥地でずっと何十年何百年と繰り返してきたのだろうふたりにとって、強力な魔物などほぼ出てこない旅路での野宿など楽勝に違いなかった。

リタとキエザもそういう意味では、野宿の経験をしているわけだが、せっかく初めて王都に来たのだし、楽しかったと思ってもらいたい。

王都についてまで野宿だと、それも難しいだろう。だから普通に宿を取りたい。

かといって、フローラに無理をさせるのも気が引ける。

となると……。

「フローラ」

「わかったわ、早速、教会に……」

「いや、そうじゃない。そんなことしなくていい。というか、まだ心当たりがあるんだ。それがもし無理だったら、その時にお前には頼むよ」

「心当たり?」

「あぁ。ちょっとな……」

「そういうことなら、期待しようかしら」

「そうしてくれ」

＊＊＊＊＊

「久しぶりだな、支配人」

俺が口を開くと、目の前にいる老齢の支配人は笑顔になって、

「お久しぶりでございます、アーズ様。こうしてお元気そうなお姿を見ることができて、嬉し

く思います」

そう頭を下げた。

ここは、《ホテル・オクタヴィア》。

ユークが以前、俺のために用意してくれた最高級の宿である。

「こちらこそだ。それより、今日は頼みがあってな」

言い出しにくいが、言わなければならない。

断られるなら早い方がいい、と思っての言葉だった。事実、そのために俺は今、ひとりで聞きにきている。

しかし、支配人はすぐに、

「お部屋でしたらすぐにご用意しますが、それ以外ということでしょうか？」

と尋ねてきた。

「……ん？　いいのか？　すごく忙しそうなんだが」

宿の中をひっきりなしに人が行き交っている。

宿泊者はもちろん、部屋が用意できないかと騒いでいる者もいる始末だ。

これは無理そうだな、と思っていたのだが、支配人は軽い調子で続けた。

「以前申し上げましたでしょう。アーズ様がお泊まりになるなら、万難を排して部屋を確保すると」

「だが、せっかくの稼ぎ時なのに、それでは」

「ご心配には及びません。うちのような宿では、どれほど忙しくても何部屋かは常に空けてあるのです。いつ、急に部屋が必要と言われるかわかりませんので。そこからご用意するだけですから、問題はありません」

貴族や大商人などからどうしても部屋を確保してほしいと、ここのような高級宿は唐突に言われることがあるのだろう。

特に今回のような催し物が王都で開かれる際は。

それに対応するために、常日頃から余裕を持っている、と。

「そういうことなら言葉に甘えたいが……その、三部屋ほど用意してもらえるとありがたいんだが……」

これも非常に言いにくいことだが、六人でひと部屋というのも厳しい。

可能なら、俺とキエザ、リタとフローラ、それにシャーロットとメルヴィル、という感じの組み合わせで分かれたい。

いや、シャーロットについてはリタとフローラとの方がいいか？

その辺は女性陣で話し合って決めてもらおう。

男女でひと部屋ずつというのも考えなくはなかったが、メルヴィルは高齢のエルフだ。眠る時くらい、静かにしていたいのではないかと思った。

キエザもうるさいというわけではないが、王都に来て興奮しているからな。

部屋は分かれた方がいいだろう。

まぁそれでも部屋数が厳しそうなら二部屋でも……。

そんなことを考える俺に、支配人は言った。

「お連れの方がいらっしゃるのですね。もちろん三部屋でも問題はありません。すぐにご用意します。馬車もお預かりしますので」

「あぁ、頼む。本当にありがたいよ。なにか恩返しができるといいんだが」

「アーズ様。すでにこの平和という最大の贈り物をもらっているのですから、それ以上はなにもいりませぬ。では、お連れの方と一緒にどうぞ中へ。馬車の方はすぐに係の者を寄越します」

支配人の言葉に俺は頷いて、フローラたちを呼びに行くことにした。

＊＊＊＊＊

「また随分ととんでもない宿を取れたものね……」

唖然《あぜん》とした表情で広い部屋を見つめているのはフローラである。

リタとキエザも似たようなものだ。

一般的に宿といえば寝台と机がある部屋だが、ここはまるで違う。

ひと組分に与えられた区画はひと部屋ではなく、寝室、書斎、リビング、会議室がある上に、高級な調度や絵画などが惜しげもなく配置されている。

鳴らせば即座に宿のスタッフがやってくる魔道具も部屋ごとに置いてあるし、高級酒の類が並べられた保存庫まであるのだ。

もちろん窓の外に見える景色は最高で、まさに王様気分とはこのようなことだろう。

シャーロットはどう反応したらいいのかわからないような表情をしているが、これはそもそも森の外に出たことがないゆえだな。この宿の豪華さがわからないのだ。

メルヴィルはなるほど、という表情をしていて、

「さすがはクレイ殿ですな。このような宿をすぐに用意してもらえるなど」

と頷いている。

彼はやはり、世間についてそれなりに知っているようだった。

そんな彼らに俺は言う。

「別に俺がすごいわけじゃないんだけどな」

「どういうことよ?」

「我らがパーティーの元リーダーだよ」

具体的な名前を伏せても、フローラには一発で伝わる。

「なるほどね。でも、支配人の様子を見るにそれだけじゃなさそうだったけど」

と返された。

俺はみんなに向かって言う。

「以前、ちょっと支配人に感謝されることがあってな。それ以来、いつでも訪ねてくれって言われてたんだ。だから、快く部屋を用意してくれて……。でもいつもこんな宿に泊まれるわけじゃないからな。そこのところは理解しておいてくれ」

「今回だけで十分だぜ、兄貴。それより俺は今日、ここで眠れるかどうかが心配だよ。見ろよ、このベッドの柔らかさ……骨がふにゃふにゃになっちまいそうだ」

キエザが恐る恐るといった様子でベッドに触れ、自分の身体を抱く。

「別に床で寝ても構わないぞ」

「兄貴、そりゃないぜ。せっかくだからベッドで寝るって……」

それから俺は言った。

「じゃあ、今日のところは宿で休んで、王都の散策は明日しようか。肝心の催し物は明後日からだからな」

だいぶ早く着いてしまった感じがするかもしれないが、前日や当日に着くというのはまずいという認識があった。

この宿も、その頃には余裕も含めて埋まっていたかもしれない。

だからちょうどいいだろう。

俺の言葉にみんなが頷いて、それぞれの部屋に向かう。

最後にフローラが俺のところに近づいてきて、

「そういえば、夜、ちょっと出るわよ」

と告げてきた。

「どうしてだ？」

俺がそう尋ねると、フローラは事情を説明する。

「テリタスが会いたいって。店は指定されてるから」

「いつの間に連絡取ったんだよ」

「それ用の魔道具をもらってるからね」

「……なるほど」

「じゃあ、よろしく頼むわよ」

「あぁ」

＊＊＊＊＊

「ええと《欠けた月》……ここだな」

王都、その中でも大通りから外れた路地裏の奥に、申し訳程度にかけられた看板を見て、俺はそう呟いた。

フローラから教えられた店の名前は《欠けた月》。

看板にはその名の通り、満月よりわずかに欠けた月が描かれている。

普通ならば一見だと入ることができない店ということだったが……。

――コンコン。

木製の扉を叩《たた》くと、少し扉が輝いて開いた。

それを見て俺は思う。

「扉自体が魔道具ってわけか……なにかで選別してるんだろうな」

実際、中に入ると、別に扉の後ろに人がいたということもなく、やはり自動的に開いたのだとわかる。

店内はカウンターに四席、テーブル席が三つある程度のこぢんまりとしたもので、店主がカウンターの中からこちらに視線を向けていた。

「これは珍しい。新顔だな」

店主はこういう店で店主をしているのが似つかわしくないほどの筋骨隆々とした肉体をしており、また顔には大きな傷が刻まれていて、隻眼だった。

明らかに戦士の雰囲気だが、今、身につけているのはあくまでもエプロンに過ぎない。

「知り合いに呼ばれてここに来たんだが……まだ誰も来てないみたいだな」

俺がそう言うと、店主は頷く。

「あぁ、あんたが今日ひとり目の客だよ」

「ひとり目？　繁盛してないのか」

「というか、今日は貸し切りでな。誰も入れるなって話で、扉もそう設定しておいたんだが……」

「それじゃ、俺がいるのはまずいか？」

「いや、おそらくあんたは招待客だろう。新顔が来るって話は聞いてたしな。扉の設定をいじれるのは、俺以外には、今日の客だけだ」

「そうなのか……」

やはり、この話し方からして、あの扉は魔道具だったようだ。

貸し切りにすると魔道具をいじる権限でも与えられるのかな？

おもしろい魔道具で少し見せてほしいところだが、さすがに分解して仕組みを確認したいとは言えない。

だから俺はカウンターに座る。

「注文は？」

「なんでもいいが……お勧めがあるなら頼んでもいいか？」

「そうだな、今日は北のザースのウイスキーか、アルトナーのワインがあるが」

どちらも有名で、値の張る酒だ。

別に払えないわけじゃないが、ちょっと予想外だった。

ただここで日和るのもダサいのでそのまま頼む。

「じゃあ、ウイスキーで頼む」

「わかった」

提供されたウイスキーを楽しんでいると、入り口の扉が開く。

「……む、もう来ておったか。すまんな、遅れて」

聞き覚えのある声が響いた。

当然、そこにいたのは、白髪と紫瞳の少年である。ただしこの少年は見た目通りの年齢ではない。その中身はここにいる誰よりも老人だ。

「テリタス。久しぶりだな」

そう言うと、彼は以前と変わらぬ鷹揚《おうよう》な笑みを浮かべて頷いた。

「うむ、そうじゃなクレイ。とはいえ、あれからまだほんの数カ月ではあるが……元気じゃったか？」

「もう無理して旅なんかしなくてよくなったからな。元気だよ。テリタスはどうだ？」

「わしも元気じゃよ。ただ、学院で授業をするのはちと面倒くさいがな」

「フローラから聞いたよ。でも昔から面倒見いいし、向いてるだろ？」

「どうだか……ま、わしのおかげでお主の魔術の腕も魔道具職人の腕もあるようなものじゃからな。そういう意味では向いてるかもしれん」

「間違いないだけに、反論しがたいな」

「反論しても構わないのじゃぞ。あくまでもお主の才能があってこそのことじゃからな。今の教え子の中に、お主以上の才を持つ者はおらん……というか、この世のどこにもおらんじゃろう」

「言いすぎだろ」

「馬鹿なことを……誰がちょっと教えたくらいで魔王まで倒すほどの腕になるんじゃ。そんな者がおったら取り合いになるわ」

その言葉に俺は慌てる。

「お、おい……そんな話は……」

ここでしていいのか、と思った。

俺は恐る恐る店主の方を見る。しかし彼は別に驚いている様子はなかった。

テリタスはそんな俺の行動に笑う。

「ここの店主はわしの昔の教え子じゃ。気にすることはない。事情もすべて知っておる」

「そうだったのか……じゃあ、俺のことも？」

そう店主に尋ねると、店主は言った。

「いや、あんたがクレイさん本人だとは知らなかったな。ただ、あんたこそが魔王を倒したことは聞いていたよ。今日は新顔が来るってだけ聞いてたんだが……まさか本物の勇者様に会えるたぁ、驚いたぜ」

「勇者はユークだよ。俺はただの荷物持ちさ」

「荷物持ちがどうやって魔王を倒すってんだ……ま、いいさ。そういうことなら、今日、あんたが飲んだ分は全部俺の奢《おご》りだ。好きに飲め」

「え、いいのか？」

「俺にはそれくらいしか感謝の仕方がないんでさ。あ、テリタス師匠はちゃんと払ってくださぇ」

「ケチな店主じゃな……ここはぽーんとわしにも払うところじゃろ。わしだって勇者パーティーの一員じゃぞ」

「あんたには使い切れないくらい資産があるでしょうが……」

この気安い感じを見るに、本当にテリタスの弟子なのだろうな。

しかしそれにしては魔術師というより戦士の肉体だが……。まぁテリタスが肉弾戦や接近戦がまったくできないというわけでもないから、おかしくはないが。

テリタスは華奢《きゃしゃ》な少年にしか見えないが、魔術によって身体強化をすることで、肉弾戦もまた恐ろしいほどの強さを誇る。さすがにユークには勝てないが。

ユークこそ接近戦の化け物だからな。

ただ、魔術を使えば、どちらが勝つかはわからない。

そしてそんなふたりが束になってかかっても、フローラの結界は易々と破れない。

改めて、俺はとんでもない連中とパーティーを組んでいたのだなと思い知らされる。

「それで、今日はどんな用なんだ？」

俺がそう尋ねると、テリタスは文句言いたげに眉を寄せる。

「なんじゃ、用がなければ呼んではいけなかったか？」

テリタスが甘えるような表情で聞き返してきた。

もしここにいるのが俺ではなく若い女だったら、すぐに言うことを聞いてしまうかもしれない。そんな顔をしている。

けれど俺には意味がない。

旅の間、テリタスがこういう表情をする時はいいことがひとつもなかったからな。

なにか企んでいた時ばかりだったというか……。

さすがに旅を終えた今となってはそんなこともないだろうが、少なくとも素直にほだされたりはしない。

ただ……。

「別に酒くらいはいくらでも飲むが、今の時期に呼びつけておいてなにも用事がないっていうのは考えにくいからな。ユークのことだろ」

そう言うと、テリタスは真面目な顔になって頷いた。

「まぁ、さすがにわかるか。そうじゃ。ユークのことについて……どれだけ聞いている？」

「フローラからだいたいの事情は。だが俺たちがどうこうしなくたってなんとでもできそうだけどな」

「それはそうじゃ。Ｓ級冒険者三人程度でユークを止めることは不可能じゃからな。ただ、わしが心配しているのは、その先のことじゃ」

「え？」

「ユークがその力を示すじゃろ？　その後、どうなるか、という話じゃ」

「別にどうもならないんじゃないか。勇者がものすごく強いってのは事実だった。そうなるだけだろ」

「どうかの。今まで、民衆は漠然とそう思っていても、それがどれほどの力かはわかっておらんのじゃぞ。それが明確に目の前に示されたらどうなるか……。誰も逆らえないような力を持った人間がそこにいると突きつけられるのじゃ。その時、本当になにも起こらないと思うのか？」

テリタスのその言葉で、なにを懸念しているかなんとなくわかってくる。

「あぁ……魔王を恐れていたように、今度はユークが恐れられると？」

「かもしれぬ、という話じゃ。絶対とは言わん。ただ賞賛されるだけかもしれぬ。ただ可能性のひとつとして、あり得ないとは言えぬということじゃ」

「まぁなぁ……心配しすぎと言いたいところだが、ない話じゃないな。だが、それと俺となんの関係がある？」

「冷たいのう。お主は心配ではないのか？」

「おい、別に無関心とかじゃないぞ。でも俺がなんとかできるってわけでもないんじゃ……」

俺が民衆の前に出ていって、勇者ユークはとても心優しい男なので心配ご無用です、と演説でもかますのだろうか？

それで、はいわかりましたとみんなが納得するならそれほど簡単な話もないが、そんな風になるわけがない。

けれど、テリタスはにやりと笑った。

「それが、なんとかできるかもしれんのじゃ。それは……」

と、言いかけたところで、バンッ、と音を立てて入り口の扉が開く。

「ちょっと！　クレイ！　あんた私を置いていったでしょ！」

現れたのはフローラだった。

置いていかれたことがよほど心外だったらしく、少しばかり憤慨した声色だ。

けれど、この指摘に関しては的外れだ。

「フローラ……いや、先に行くって声かけたろ」

「え？　そうだった？」

「そうだったよ。なんか忙しそうにしてたから、聞き流したんだろ」

俺がそう突っ込むと、フローラの目が泳ぎ出す。

それからため息をついて頭を下げた。

「ごめんなさい、そうだったかも……。王都に戻ってきたの、教会に見つかっちゃったみたいで、色々と書類仕事だけでも片付けろって言われちゃってね。その作業中だったから……」

申し訳なさそうにそう言って、徐々に小さくなっていくフローラ。

その姿がかわいそうになって、俺は声を明るくして肩を竦《すく》める。

「あぁ、あれそういうことだったのか。ま、疑いは晴れたろ？　こっち来いよ」

「ええ……あ、テリタス久しぶり。魔道具で話してたからそんな感じしないけど」

テリタスの顔を見たフローラは久しぶりとは思えない軽い様子でテリタスに手を振った。

テリタスはそんなフローラの仕草にため息をつく。

「わしとクレイの扱いの差よ……わかりやすすぎやせんか、お主は」

「えっ、そ、そう？　そんなことは……」

いったいなんの話だ、と思ったがすぐにテリタスが話を変える。

「ま、構わんがな。それより、今クレイに前座の話をしようとしてたんじゃ」

「あ、そうなの？　クレイ、聞いた？」

　フローラがそう尋ねたので、俺は首を傾げる。

「なんだよ、前座って。なにか芸でもやるのか？」

「そうじゃないわよ。ほら、ユークの模擬戦が催されるわけだけど、それだけじゃちょっと寂しいからね。その前座として、王家主催の闘技大会もするってことになってるのよ。ユークの模擬戦はその後だから……厳密には五日後なの。明後日、明明後日《しあさって》は闘技大会の予選があって、四日後に本戦で、最後の日にユークの模擬戦ってわけ。

　それだけの日数をかけた出し物をするなら、王都中が祭りのような空気感なのにも納得がいく。

「そうだったのか。どうりで街中に結構実力ありそうな戦士やら魔術師やらが歩いているわけだ。ただ見に来ただけってわけじゃなかったんだな」

「そういうこと」

　もちろん、王都には様々な人間が普段からいて、実力のある冒険者なども結構いるのだが、今日見た限り、街中にいる実力者はかなり遠方から来たのだろうとわかる者も少なくなかったので不思議だったのだ。

　しかし闘技大会があるのだと言われると納得できる。

「その闘技大会が前座だってのはわかったが、それがどうしたんだ？」

俺が尋ねると、テリタスがずい、と距離を詰めてきて軽く俺の肩を叩いた。

「いや、お主に参加してもらおうと思っての。そして優勝してこい」

「……え？」

俺は大きく首を傾げてテリタスとフローラの顔を見たが、ふたりとも笑顔だ。

「マジで言ってるのか」

「マジもマジ、大マジよ」

フローラがそう顔を寄せてきたので、俺は突っ込む。

「馬鹿を言うな。唐突に参加して優勝しろとか、できると思ってるのか」

これにはフローラが呆れた表情になり、首を横に振った。

「魔王を倒したあんたが優勝できなかったら、他の誰ができるっていうのよ……。そいつに魔王退治させたくなるわよ」

「魔王を倒せたのは俺ひとりの力じゃあ……」

「だから謙遜でしょうが。とにかく、闘技大会には出るのよ」

これは断れなさそうだと思った俺は仕方なく頷く。

「わかったわかった。でも、それになんの意味があるっていうんだ？」

「じゃから、ユークのためじゃよ」

テリタスがそう俺の肩を叩いた。

「ユークのためだと？　なんで俺が闘技大会に出ることがユークのためになるんだ？」

俺が首を傾げると、テリタスが説明する。

「闘技大会は確かに前座じゃが、ユークの模擬戦の前に行われるわけじゃろ？」

「あぁ、そういう話だったな」

「じゃから、そこでお主が大暴れすれば、ユークがどれだけ強い力を示そうとも多少は霞《かす》むじゃろ」

つまり、俺が闘技大会でユーク以上の力を示せば、その後にユークが強い力を見せても民衆に怯えられたりすることはない、と言いたいらしい。

「意味は理解できるが……え、それって俺が怖がられるようになるんじゃないのか？」

「それはそうかもしれん。じゃがユークがそうなるよりいいじゃろ」

「いやいやいやいや、俺に妙な追っ手とかついたらどうするんだよ」

そんなことになったら困る。

そう思っての言葉だったが、フローラが呆れたような表情になる。

「あんたにいくら追っ手がつこうがいくらでも撒《ま》けるでしょう。大した手間じゃないわよ」

「フローラ、自分がやるわけじゃないからって好き勝手言うなよな」

つい文句を言ってしまうが、フローラはおもしろそうに俺の肩をぽんと叩く。

「まぁ、撒くのを手伝うくらいは私もしてあげるわよ？　そもそも、今回のことが終わったら私もまた辺境に行くわけだし、他人事じゃないもの」

「今回、教会に戻る気はないわけか」

てっきり、王都に来たついでにそのまま教会に一旦戻るものかと思っていたが、どうもそうではないらしい。

フローラは頷いて付け足す。

「というか、正直もうこれから先、教会に戻る気はないのよね。このままフェードアウトしてそのまま抜けたいわ」

「聖女がそんなことしたら大問題になるだろうが」

「いきなり抜ければね。そこまで派手な感じじゃなくて、ちょっとずつ存在感を薄めていって、徐々に忘れられていくのを狙っているの。大丈夫、私に強く言える人間は今となっては教会にいないから」

「たちの悪い権力の使い方を覚えたな」

「もう十分教会には恩を返したからね。好きにさせてもらうわよ、これからの人生は」

辺境に来ているのは一時的なことでいずれ戻ると思っていたのに、どうやらその日は来ないのかもしれない。

ただまぁ、それならそれでもいいかと俺は思う。

フローラの人生だし、すべては彼女が決めることだ。

それこそ自由に生きている俺が、フローラはそうするなとか言えた話じゃないしな。

「そうか……ま、わかったよ。話を戻すか。ええと、俺に追っ手がつくかもって話だったな」

「クレイひとりでも問題ないと思っているが、そこにフローラが加われば余計にどんな追っ手がつこうと問題はあるまい」

テリタスが俺とフローラを見つめて笑顔になる。

「それは……そうかもしれないが、あえて追っ手を呼びつけたいとは思えないぞ」

「まぁの。だから偽名で出ればいいじゃろ」

闘技大会には、身分の証明を求めるものと、そうではないものが存在する。

テリタスがこう言うということは、今回は後者なのだろう。

実際、身分の証明をわざわざ求めるような大会は少数だ。

腕利きを呼びたいと思ったら、そんなことをしない方が来るからだ。

だからデフォルトは偽名でもなんでも参加できるタイプの方になる。

「顔は？」

俺の顔は勇者パーティーの他三人のように知られてはいないとはいえ、ある程度の爵位を持つ貴族など、見る人が見ればわかるものでもある。

そのため、普通に顔出しで参加したら、正体がバレてしまう。

これにテリタスは、

「仮面でも被るといい。それで解決じゃ」

と、適当な提案をしてくる。

「テリタスにしては力業だな……」

テリタスは真面目な表情で呆れている俺を見つめる。

「なんだかんだシンプルな方策が一番じゃ。変に謀略を練ると思いもよらぬところで足を掬《すく》われるからのう。偽名と仮面なら、仮面さえ取れなければ誰にもバレん。そしてお主からまっとうな方法で仮面を奪える人間など、そうそういるとも思えんしのう」

確かにその通りで、これには俺も反論しがたかった。

もちろん、可能性がまったくのゼロというわけではないが、その内訳は……。

「それこそ、勇者パーティーの元メンバーくらいだな」

「じゃろ。というわけで、決まりじゃ」

「わかった、わかったよ……しかし仮面か。明日買いに行くかな」

当然ながら、手持ちの仮面などあるわけもないので、王都で購入するしかない。

明日はみんなと一緒に王都観光をする予定のためちょうどいいだろう。

フローラがふと思いついたように指を立てる。

「そうだわ。どうせなら武具の類も買っちゃいましょうよ」

「武具？　別に《収納》に入ってるものを適当に身につければいいだろ？」

《収納》とは、かなり高度な時空魔術のひとつで、異空間に様々な物品を保管できるというものだ。ここには魔王討伐の旅の中で手に入れた武具も大量に入っている。

そのため、わざわざ購入する必要などない。

そう思っての言葉だったが、フローラは言う。

「あんたの《収納》の中に入ってるのは、大半が強力な武具でしょ。初期に使ってた一般的な品々はだいたい売り払ったか、あんたとテリタスの実験材料にしちゃってるし、目立たない普通の武具なんてあるの？　あるならいいけど」

「それは……そう言われると、なぁ」

確かに通常の武具については、魔王討伐の旅も後半になってから、もう使うこともないだろうと扱いは適当だった。

武具以外はどこかで使うタイミングもあるだろうと思って大事に保存しているものも結構あるのだが……たとえば素材類とか。

だが、武具についてだけは今さら、魔術もかかってない安物なんてと思い、大半がテリタスから教わった魔道具作りの素材になってしまっている。

「でもほら、これなんてどうだ。見た目はどう見ても普通だろ？」

そして俺は慌てて《収納》から取り出した、一見普通の革鎧《かわよろい》と兜《かぶと》をフローラに出して見せる。

フローラはそれを受け取り、空いているテーブル席の上に置いて矯《た》めつ眇《すが》めつ眺めてから、ふいに呪文を唱えだした。

「お、おい、お前それは」

「灰燼《かいじん》へ帰せ、《小炎球《フラムマ・パルウム》》」

それは初歩的な魔術によって生み出された小さな火球にしか感じられないものだった。

しかし、この場にいる全員がわかっていた。

そこに込められた巨大な魔力と、極限まで圧縮された魔力操作の異次元さを。

だが止める暇もなかった。

普通ならばこの店が灰となって消え去ってもおかしくないものだ。

けれど実際にはそうはならなかった。

小炎球はそのまま俺の革鎧に命中し……そして、ふっと消え去った。

それを確認したフローラは心の底から呆れたような表情で俺を見つめる。

「どこが普通の鎧だって?」

つまりは、それを確かめるためにフローラは魔術を放ったわけだ。

これには俺も反論の言葉が一瞬では思い浮かばず、もごもご返答するしかなかった。

「いや、あの、な……ちょっとだけ改造をさ」

「どこの世界にちょっとだけの改造で、私が本気で練り込んだ魔術を完全に無効化する鎧ができるってのよ。こんなもの人前で使ったらどうなると思うの？」

「どうなるんだ？」

　正直、その辺りは俺にもうまく予想がつかない。

　魔王討伐の旅の中で、俺が注目されるようなことはなかった。その役割は、俺以外の面々が担当していて、だから俺が地味に活躍したとしてもほとんど誰からも目を向けられずに終わった。

　この鎧を使えばその注目が俺に向いてしまう、ということをフローラが言っているのはわかるが、そうなった場合どれほどまずいのかいまいち実感が湧かず、わからなかったのだ。

　フローラは首を横に振って俺をジト目で見てから口を開く。

「一番穏便なのだと……」

「穏便なのだと？」

「誘拐ね」

「え？」

　穏便なので？

　そう思って思わず出た言葉だったが、フローラは真面目な表情で続ける。

「そうよ。強力な魔術を無効化できる鎧なんて、どれだけ出回っていると思うの？　それをあんたみたいな、正直パッとしない戦士が身につけてたら……そいつごと誘拐して、出所を確認しようってのがたくさん湧いて出るわよ」

「あー……」

確かにそれくらいの奴は出るのかもしれない。

「でも、見た目悪いし、欲しがる人なんてそうそういるのか？」

俺の疑問にフローラはコンコン、と鎧を叩きながら説明する。

「いるわよ。そりゃ、見た目にこだわれるならこだわりたい人もいるけど、そんなの関係なく効果が高すぎるもの。場合によっては、これを身につけた日から連日、お客さんが来るわよ」

「全部倒すか、結界でも張って遠ざければいいんじゃないか」

「まともな商人とかが来たらそういうわけにもいかないでしょ。全部あんたが対応するなら自由にすればいいけど……辺境まで追いかけてきかねないわよ」

「それは勘弁だな。わかったよ。そいつは使わないことにするって」

「ぜひ、そうして。で、テリタス、あんたはなにしてるのよ」

俺とフローラが議論している中、テリタスもまた、鎧と兜を鑑定するような目つきで見つめたり、触れたりしていた。

だからフローラは気になったのだろう。

俺も気になる。

「ん？　いや、懐かしいと思ってのう。確かこれはレリーズの街で購入したものじゃろ？」

レリーズはアルトニア王国の地方都市のひとつで、俺がもともと住んでいた村から最も近い街だ。

ユークたちが俺を迎えに来て、それから最初に辿り着いた大きな街でもある。

そこで俺の武具や服などをユークたちで見繕ってくれたのだ。

当時の俺は、ただの村人でしかなく、しかも村では必要のない人間扱いだったため、金もなければ服も大したものを持っていなかった。

そもそも、ユークたちについていくということは過酷な旅を一緒にすることを意味するので、それならば当然、持ち物もそれなりのものが求められる。

ただ、金なんかなかった俺にはとても買えるようなものではなく、だからユークたちがプレゼントしてくれたのだ。

そういうわけで、この鎧と兜については、ユークが買ってくれたものになる。

俺はテリタスに頷く。

「あぁ、そうだよ。旅の途中で買い替えてからは全然着なくなったからな。でも、思い出の品だし、劣化させてしまうのも勿体ないしと思って、魔道具化したんだ」

「なるほど、魔術無効化以外には……状態維持もかかっておるな。他には……あぁ、自動修復までか。さすがにこの価格帯の品にかけるようなものではないが、思い出は金には換えられんしのう」

「そこまで金もかかってないさ。材料になる魔石なんかの類は旅の途中でいくらでも手に入ったし、魔道具化するのは俺自身だしな」

「普通ならば腕の方が問題になるんじゃがな。ほとんど素材としての容量がない普通の革鎧にそこまでの効果は乗せられん」

「そこはほら、色々工夫しているからな」

「ほうどんな工夫じゃ？」

「それはな……」

と、魔道具職人の師匠と弟子の議論が始まりかけたことを察してか、フローラが口を挟む。

「ちょっと！　今日はそこまでにしておいてよ。私が話に入れないじゃない」

「おっと、これはすまんな、フローラ。しかしお主とてそれなりに魔道具製作技術はあるじゃろ」

テリタスの言う通り、フローラもまた簡単な魔道具なら普通に作れる。

しかもここで言う〝簡単な〟とは勇者パーティー内でのそれであって、一般的には十分に売り物になる程度のものまで含む。

けれどフローラは首を横に振った。

「あんたたちの議論は高度すぎて無理よ。ほとんど神具じみたもの作っちゃう天才共の話なんて、私みたいな凡人に理解できるはずないでしょ」

「フローラを指して凡人などと言える者など、この世におらんと思うがな。結界術はわしでも敵わん」

「得意分野ですら負けていたら話にならないわ……ま、だいぶ話がズレたけど、そんな武具を使ったら駄目なのはわかったでしょ。明日買いに行くわよ」

フローラは俺の方に向き直る。

「あぁ。だが王都で武具って言ったらどこで購入すればいいのか。教えてくれるか？」

「あんた、ほとんど王都について知らないのね」

「旅から帰ってきて少しの間滞在したのが、俺の人生での王都滞在のすべてだからなぁ」

他の国の王都なら別なのだが。故国であるアルトニア王国の王都に一番馴染みがないのが、我ながらかえっておもしろいような気もした。

「ま、いいわ。私が案内できるから」

「聖女様が一般的な武具屋やら鍛冶屋やらを知ってるのか？」

「もともとは孤児院出身だからね。昔なじみを紹介するわよ」

「じゃあ、期待してるよ」

「ええ、そうしてて」

そんな俺たちにテリタスが残念そうな声をあげる。

「ううむ、本来ならわしもついていきたいところじゃが、明日は無理そうじゃ」

「どうしてだ？」

気になって俺が尋ねるとテリタスは答える。

「今回の催しではわしはどちらかといえば運営側に回るからのう。明日も昼間は仕事がある」

「そうなのか」

考えてみれば当たり前の話だった。

王立魔術学院は国内の魔術の権威のひとつ。

闘技大会を催す場合、観客などに被害を及ぼさないように結界を設営したり、危険な魔道具の持ち込みがなされないようにチェックしたりする役割を担うことも多い。

もちろん、王宮にも魔術師はたくさんいて、いわゆる宮廷魔術師が取り仕切るが、今回ほど大規模なものになるとさすがに人手が足りなくなる。

そういう時には魔術学院からも人員が投入される。

加えて、テリタスは世界中の魔術師から尊敬される、魔術師の王と言っても過言ではない存在だ。

色々と仕事を頼まれて当然なのだった。

「ちなみにどんなことをするの？」

フローラが尋ねる。

「一般的なもの以外には……あぁ、試合の解説を頼まれておるぞ。闘技大会の本戦と、ユークの模擬戦のな」

「なるほど。考えてみればユークとＳ級冒険者の模擬戦とか、一般人が見たところで意味がわからないものになるでしょうしね」

「そういうことじゃな。闘技大会の方は、予選の方は見てわかる程度の実力の者が大半を占めるじゃろうが、やはり本戦まで来る者たちの戦いはそうはいかん。じゃからな」

「ふーん、ちなみに、クレイの戦いはまともに解説するの？」

フローラの質問に、そういえば問題だなと思う。

なぜかと言うと、テリタスは俺の戦い方など知り尽くしている。

細かな解説をしようと思えば、間違いなくできるのだから。

けれどテリタスは首を横に振った。

「いや？　適当にするぞ。といっても、嘘《うそ》をつくつもりはないが、それなりの実力者ならわかる程度のところで抑えておくつもりじゃ」

「よかった。ここで気絶させる必要がなくなったわ」

「おい、フローラ、お主、おっかないぞ」

「だって、あんまりクレイの個人情報が知れ渡るようなことはやめてほしいじゃない？」

「わしもそれくらいわかっておるわ。ふう、命拾いしたのう。ま、そういうわけで、明日は一緒に行けぬ。あ、そうじゃ。クレイ」

テリタスが俺に目を向ける。

「なんだ？」

「闘技大会の参加申し込みじゃが、関係者であるわしの方でねじ込んでおくから細かいことは気にせんでいいぞ」

「え、大丈夫なのか？」

テリタスがわざわざ申し込んだとなれば、色々と勘ぐられてしまうかもしれないと思っての言葉だった。

けれどテリタスは頷く。

「問題ない。わしが申し込んだとはわからんようにうまくやっておくでの。そのために裏方に回ったようなもんじゃ」

「そういうことだったか」

「うむ。後は……あぁ、そうじゃ。参加者名は……グレイでいいかの？」

「構わないが、ひねりがなさすぎじゃないか？」

クレイがグレイでは……。

そう思った俺にテリタスは笑みを浮かべる。

「クレイもグレイもありふれた名前じゃから大丈夫じゃ。そもそも、元荷物持ち殿の名前は思った以上に広まっていないからの」

「そうか……なら、それで頼む」

「任された」

それからは、三人で昔話に花を咲かせた。

旅をしている最中では考えられないほど穏やかな時間だった。

平和になったのだということが、改めて身にしみる。

願わくばずっと世界がこのままであってほしいと思った俺たちだった。

＊＊＊＊＊

次の日。俺、リタ、キエザ、そしてフローラの四人で街を散策する。ちなみにメルヴィルとシャーロットは別行動だ。

「うわぁ、さすがの王都！　本当にすごい賑わいですね」

王都の大通りを歩きながら、リタが楽しそうな声をあげる。

「そうね。王都は言うまでもなくこの国において最大の都市だけれど、それでもここまでの人手は珍しいわ」

周囲を見回しながらフローラがリタに微笑んだ。

「そうなんですか？」

「ええ。だいたい……そうね、この三分の一くらいかしらね。普段は。やっぱりみんな、自分の目で勇者を見たいんでしょうね」

「そうそう、来てから知りましたけど、今回開かれる催しって勇者様……ユーク殿下の模擬戦なんですね！　クレイさんとフローラさんのお知り合いが出られる催しってだけ聞いてたから、驚いちゃいましたよ！　ねぇキエザ」

「あぁ、びっくりしたな！　でも運がいいぜ。模擬戦も木札《チケット》を兄貴とフローラさんが手配してくれたっていうし。本当ならまず手に入らないんだよな？　兄貴たちには頭が上がらないぜ」

よく考えてみれば、ふたりに今回の催しの詳細を説明していなかった。

ふたりはそもそも、王都自体を観光するというのが主題だと思って来ているからな。

ついでに知り合いの出るという催しも見物するか、というくらいのつもりだったはずだ。

だが実際にはその催しこそが一番の目的なのだ。

とはいえ……。

「いや、それこそたまたま手に入っただけだからな。気にすることはない。それに俺たちの友人が出るっていっても、そんなに大変な役割じゃない。ほら、前座に闘技大会が開かれるって話もしただろ？」

「そうそう、俺、それも楽しみなんだ！　村じゃそんな大会なんてないからなぁ。せいぜい、訓練で順繰りに手合わせするくらいで、それが軽い大会みたいなもんか？　あんなのとは規模が全然違うんだろ」

この返答に俺はよし、と思う。

別に俺はユークが闘技大会に出る、とは言っていない。

大変な役割じゃないと言っただけだ。

実際、ユークにとってS級冒険者三人と模擬戦をするという程度のことは、大変なことでもなんでもない。

口笛を吹きながらこなすことだろう。

しかし、俺の言い方で、キエザもリタも、俺たちの知人が闘技大会の方に出場する名もなき戦士なのだと思ったらしかった。

「聞くところによると予選に出るのは数百人に上るらしいな」

これは先日テリタスに聞いた話だ。

正確な人数は把握していないが、それでも問題ないらしい。

予選と言うがかなり大雑把なやり方で本戦出場者を絞るつもりのようだ。

詳しいやり方も尋ねてみたものの、俺が出場者になるのでそれを教えるのは公平ではないと答えてくれなかった。

俺も言わないだろうなと思って尋ねたから、仕方ない。ただ知っておければ対策も立てられて楽ができるかなと考えていたのだが、そのアテは外れてしまったことが残念だった。

「数百人かぁ。すげぇなぁ……エメル村の人口より多いぜ」

「キエザ、さすがに辺境の村の人口なんかと比べるのは烏滸《おこ》がましいよ」

リタがため息をついた。

ただエメル村はそれほど卑下するものでもない。なにせ、あんな辺境の村でそれなりに豊かな生活を送れているのは誇るべきことだからだ。

普通は、都市部から遠く離れた村や街というのはその距離に比例して貧しさが増していくものだ。エメル村はあれほど国の中心部から遠い場所に位置しているというのに、そういった苦しさを感じさせない。

辺境では珍しい薬草などが採取できるからと言うが、それだけではない努力が村民たちにあるからこそのことだった。

とはいえ、改めてそんなことを口に出す必要もないか。

「今の王都には世界各国から戦士や魔術師が集まっているようだから、そもそも比較にはならないさ」

「そうなんですか？」

「あぁ。歩く人たちを見てると感じないか？　ほら、そこの特徴的な貫頭衣を纏《まと》っているのは西の離島に住む戦士の一族の者だ……あちらの複雑な衣装のローブの一団は、キュリオ公国の独立魔術師団だな。他にも色々いる」

さすがに指を指しながら説明すると失礼というか、揉《も》める可能性があるので視線だけ向けながら説明していく。

いずれも、魔王討伐の旅路の中で得た知識だ。

というか、その中で出会った人々だな。

もしかしたら近づけば知り合いにも会えるかもしれないが、ここで会ってもちょっと面倒くさいことになるかもしれないから、それなりの距離を保つ。

ついでに魔力の放出を制限してまかり間違ってもバレないようにする。

旅の中で出会った実力者たちは、そうしないと気付いてしまうほどの力を持っていることもあったからな。

「へぇ、おもしろいですね。確かに変わった格好してる人がいっぱいいます」

「グランツは詳しいかもしれないな。商人として、そういう知識は大事だ」

俺の補足に、リタは少し真面目な顔になって頷く。

「なるほど……私もそういうこと、覚えていかないと」

「おいおいでいいとは思うけどな。リタには魔道具という強みがある。それはグランツにはないものだ」

「そうですかね。まだあんまり実感がないです」

「その実感を得るために、今日は市場に来たわけだろう？」

「そうでした！」

実のところ、今日、街をうろついているのはただの観光というわけではなかった。

それも目的のひとつではあるのだが、それ以外に大事な目的がひとつ。

それは……。

「ごめんくださーい……？」

リタがそう言って、ある店の扉を開く。

中は埃《ほこり》を被った雑貨類が所狭しと置かれていて、人気《ひとけ》もなかった。

まるで営業中の店には見えないが、この店はこれでいいのだ。

「すみませーん！」

リタが静寂の中、少し音量を上げると、店の奥の方から声が響く。

「聞こえてるよ！　ちょっと待ちな！」

そしてしばらくして奥から現れたのは、三角帽子を被った白髪の老女だった。

「ったく、街が騒がしい間は店に誰も入れないようにしていたつもりだったんだがねぇ……

いったいどうやって……ん？」

文句を言いながら視線を俺たちに向けた老女は、その目をフローラのところで止める。

「おや、珍しい顔があるね。そういうことかい……久しぶりだね。フローラ」

「ええ、久しぶりね、クスノ。元気にしてた？」

「していたとも。だいたい、私なんかよりあんたの方がずっと……」

なにかを言い出しそうなクスノに慌ててフローラが近づき、言葉を止める。

「ちょちょちょーっと。それはいいから」

「ふむ、なるほど。他の子たちは知らないんだね？　だったら黙っておこう。それより、今日の用件は？　魔道具を買いに来たのかい？」

そう、ここは魔道具店であった。

リタには旅に出る前に、王都で魔道具を売ってみたらどうか、という話をしていた。

そのため、王都でどのように魔道具を売るかを考えると、現実的には魔道具店に卸すのがいいだろうということになった。

露店で売るというのも考えたが、いきなり知らない街でそれをやるというのはちょっと怖い。加えて、今の王都の状況では露店を出す場所も中々見つけるのは難しいだろう。

とはいえ、他の街ならともかく、王都のことなどほとんど知らない俺には、この街の魔道具店を紹介できない。

そこでフローラの出番だ。

いくつもある王都の魔道具店。その中に昔からの知り合いの店があるというので、そこを訪ねることにしたわけだ。

その知り合いというのが、このクスノという老女なのだろう。

クスノの言葉に、フローラが説明する。

「ううん、今日はそうじゃなくて、この子の作った魔道具を見てほしくて。売り物になりそうだったら、買ってほしいの。どうかな？」

「ほう？　意外な用件だね。構わないが……あんたはもう魔道具は作ってないのかい？」

「私はそこまで得意じゃないからね。売り物になるようなものは作ってないかな」

「得意じゃないって……いや、そういえばあんたの周りにはあの人がいたね。確かにそうか。ただ、せっかく基礎は私が教えたんだ。忘れない程度には魔道具作りもしておくれ」

「自分の部屋の灯りくらいは作るよ」

「そうか。無駄になっていないようでなによりだ。それで……あんたは、ええと？」

フローラの言葉に優しげな笑みを浮かべた後、リタに向き直ったクスノ。

彼女にリタは頭を下げる。

「エメル村の、リ、リタと申します。本日は私の作った魔道具を見ていただきたくっ！」

噛《か》みそうな口調だが、緊張しているのだろう。

まぁ、自分の作ったものを完全な他人に商品として見せるのは初めてなのだから、理解できなくもない。

そんなリタの背中をクスノが軽くさする。

「そんなに硬くなることないよ。リタと言ったね。どれ、私にあんたの魔道具を見せてみるといい。別に私は辛口じゃないからね。売り物になるかどうかは職業柄はっきりと言わなければならないが、改善できそうなところがあればしっかりと教えるからさ」

リタはその言葉でホッと息を吐いて、それから俺が渡した《収納袋》から魔道具を取り出しはじめた。

その様子を見て、クスノが目を見開いていることにも気付かずに。

「……？　どうかされたんですか？」

リタが首を傾げてクスノを見ると、クスノはため息をついてからフローラを睨《にら》む。

フローラは、あ、しまったという表情をしたが遅かった。

「フローラ、あんたこの子に常識を教えていないのかい？　それで危険な目に遭うのはこの子なんだよ。それを……」

「ごめん、ごめんって！　いや、私もすっかり気を抜いてて。それに外じゃ使わないようには言ってたのよ」

「最低限は注意してたか。なら構わないが……しかし、すごいもんだね。私でもまったく気配の感じられない《収納》か。誰が作ったものか。もしかして迷宮産出品かね？　うーむ」

そんなことを呟きだしたクスノに、リタが慌てて尋ねる。

「あ、あのっ。私なにかまずいことをしましたでしょうか……？」

「そうだね。したといえばした。私は問題にはしないが、かなり危険なことだよ」

「それって、やっぱりこれですか？」

さすがに話の流れからリタも察してはいたのか《収納袋》を軽く持ち上げて上目遣いでクスノを見る。

クスノはそれに頷いた。

「そういうこった。リタ。あんたはそれについてどのくらいのことを知っているかわからないけど、それは魔道具の中でも相当な貴重品だよ。もちろん、収納できる物品の量にもよるが、最も小さいものでも金貨が百枚単位で必要になる」

「ひゃ、百枚……!?」

ちなみに、今回の旅でかかった旅費は金貨数枚程度だ。

まぁ、これは馬車が自前というのも大きいけれど。

両替率にもよるが、金貨一枚は概ね銀貨十枚で、銀貨一枚は銅貨十枚くらいだ。そして銀貨一枚あればエメル村程度の村であれば一週間程度は生きていける。

クスノは続ける。

「加えて言うなら、あんたの持っているものはおそらく最高級の品だろうね。そこまでになると軍事物資になってくるから、白金貨の出番になってくるだろう。参考までに、どのくらいのものが入るんだい？」

「はく、きん、か……」

白金貨は金貨百枚ほどの価値であり、一般人はまず見ることがない代物だ。

あまりの金額に呆然《ぼうぜん》としてしまったリタの代わりに、フローラが答える。

「一軍を養えるくらいの物資は入るんじゃない？　試したことないからわからないけどね」

「そうかい。それも、魔道具としての気配をまったく感じさせない加工まで施されていると。出所は？」

「知りたい？」

「そりゃね。できれば製作者にも会いたいところだが、さすがに無理だというのはわかるからそこまでは求めないよ」

なぜ無理かと言えば、魔道具職人でも貴重な品を製作できる者の身分は大抵、国が囲って秘匿しているからだな。

テリタスみたいなのは例外中の例外である。

というか、テリタスがまったく隠すつもりがないから国も隠しようがないというのが正確なところだろう。

さらに言うなら、テリタスはたとえ誰がその身を狙って襲いかかってこようと、問題なく撃退できるだけの実力を持っている。

一般的な魔道具職人が戦闘力まで高レベルということは少ないのだ。

そういう事情からクスノは引いたのだろうが、フローラは気軽に口にする。

「製作者はそこにいるわよ。ね、クレイ」

急に水を向けられて驚いたが、今回については仕方がない。

俺もリタにあんまり魔道具の扱いというか、持っていることを見せびらかすと危険だという
ことを真剣に伝えてこなかったからな。

その点について丁寧に指摘してくれた先達の希望である。

従うべきだとフローラは考えてのことだろう。

そしてそれについては俺も納得だ。

「ご紹介に預かりました、それを作ったクレイです。クスノ殿」

それを聞いたクスノは目を見開き、《収納袋》と俺を交互に見てから、疑わしげな声を出す。

「本当に、それをあんたが？　見るにまだまだ若造のようだが……魔力も地味だ」

「それについては隠蔽をしておりまして。ただ、ひとつご納得いただけそうな事情を言うとし
たら、俺の魔道具作りの師匠はフローラの知人ですよ」

クスノとフローラの正確な関係はまだわからないが、ふたりの会話を聞いていて相当に気安
い関係にあることはわかる。

加えて、クスノはフローラの正体を知っているようだ。

つまりこれだけでも十分に伝わることがあるはずだと思っての言葉だった。

実際クスノはそれを聞いて納得したように深く頷く。

「そういうことかい。ただ魔力の方はたとえ隠蔽していたとしても私にはわかるはずなんだが」

「それについては鍛えに鍛えましたから。試しに少しだけ、解きますね」

俺はそして隠蔽を少しだけ弱める。

すると、クスノはすぐにハッとした表情になる。

「なるほどね。これは、とんでもない……まさかあんたは……いや。今はやめておこうか。それより、その《収納袋》、あんたが作ってリタにあげたんなら、ちゃんとその価値も説明しておくのが義務だよ」

「本当にそれについては失念していたといいますか、辺境の村から来たもので……。今日もフローラの知人の店に来るということでしたから、なおのことでした。今後はご忠告通りにいたします」

「そうした方がいいだろう……それに、礼儀もわかっているようだね。よし、わかった。じゃあ、話を戻そうか。リタ、あんたの魔道具をこれから鑑定していくが、あまりショックを受けないようにね」

「は、はい」

そして、クスノがカウンターに置いてあるリタが製作した魔道具の数々をひとつひとつ確認していった。

最初のうちはふむふむ、と見ていたのだが、最後の品まで鑑定を終えるとため息をつく。

その意味を悪く捉えたリタが不安げにクスノに視線を向ける。

「だ、駄目でしたか……？」

しかしクスノは首を横に振った。

「いいや。むしろ逆だよ」

「え？」

「あまりにも、質がよすぎる。すべて基本的な作りの品で、いっぱしの魔道具職人が作れば大抵、同程度の質になるものだが、これらはその平均をずっと超えているよ。独自の工夫まで施されているね？　素晴らしい……これなら一般的な品の倍の値段でも売れる」

「えぇっ!?」

驚くリタ。

フローラが尋ねる。

「そんなにいいの？」

「そうだね。たとえばこれはさっきあんたが自分用は作るって言ってた灯火の魔道具なんだけどね」

クスノは手に収まる筒状の魔道具を持って説明しだす。

「見た目はさほど一般的なものと変わらないようだけど？」

「一見ね。だが、そもそもそこからして違うね。外装には魔力による強化が施されている。もちろん、耐久力上昇の効果が付されているわけではないのだけど、丁寧に魔力を流せばそれだけでも品質が上がることをこれの製作者はよくわかっているね。そうだろう?」

リタはクスノに視線を向けられて、ゆっくりと頷く。

「それに灯りが点る部分だが、単純にここに魔力光が出現するだけだと意外に明るさがないことを考えてのことだろう。反射材が配置されているね。魔道具作りというのは《魔》道具なのだから、魔術を発動させられるならそれでいいと考えがちな魔道具職人が市井に多いが、これはそういったものとは思想そのものが違う。用途や使う人間のことをよく考えられた工夫が、いくつも凝らされている。これはいい魔道具だ……で、やっぱりこれの作り方を教えたのは……?」

クスノの視線がリタから俺の方に移ったので、俺は苦笑する。

「俺です。でも、俺が教えたのは本当に基本だけですよ」

これは嘘ではない。

基本的な魔道具の作り方を教えた。

それはクスノの言う、魔術を発動させる道具としてのそれのことだ。

それ以外の工夫については、むしろリタが自ら思いついて実践したことだ。

「本当かい?」

「本当ですとも。なぁ、リタ」

「えっ、いえ、それは一応そうですけど……クレイさんが、使う人のこととか、どういう時に使うかをよく考えて作った方がいいって、初めの方に教えてくれたじゃないですか。できたものにも、色々助言をくれましたし」

「それくらいはさすがにな」

　この会話を聞いて、クスノは呆れたようにため息をつく。

「あんたの性格が見えてきたね」

「よくない性格でしょうか？」

「いや、いい性格をしているよ」

「性格がいい、ではないのですか」

「はっ。弟子の方は性格がいいようだね」

「自慢の弟子です……それはともかく、魔道具、買い取っていただけるのでしょうか？」

　言いながら、買い取ってくれないわけがないだろうとも思った。

　先ほどのクスノの反応を見る限り、むしろ買い取りたいだろう。

　事実、クスノは微笑む。

「魔道具店として、こんなもの持ち込まれて買わない奴はいないよ。あとは価格交渉だが……今回はリタが初めての取引だからね。シビアなやり取りはやめておこう。だいたい魔道具はどこの店でも七掛けで仕入れて店に並べるのが基本だ。大量に売買する場合はもう少し割り引かれたり、逆に上乗せしたりするが、その辺の感覚は経験を積んで覚えることだね。また、出来によっても価格は上下するが、リタの魔道具はその辺り、一般品の倍の価値がある。そういう諸々を勘案すると……すべて引き取って、これだけだね」

クスノはそう言って金貨を積み上げていった。

結構な額だな。

それにもっと厳しい値付けをしてもよさそうなのに、色がついているような価格である。

リタはそんな金貨を見ながら泡を吹きそうな顔になる。

「あばばばば。こんな、こんなに金貨が……」

「魔道具での商売ってのは、これくらいの金が簡単に飛び交ってるもんさ。これからも魔道具師としてやっていくつもりなら、慣れな。それに金を持ってると思われるもんだから、こうやって売りに来る場合、いずれ護衛も雇った方がいいね。今回は問題ないだろうが」

クスノは俺とフローラを見る。

まぁ、このふたりで守っている限り、なんの危険もないからな。

それでもなお危険な事態に陥るようなら、その時はどんな護衛を雇っていたとしても無意味だ。魔王の攻撃すら通さない結界を張れる聖女の守りを打ち破る存在など、そうそう現れてもらっては困る。

「護衛ですか」

「次来る時は考えておくといい。魔道具ギルドか、商業ギルドに融通してもらうか、冒険者組合に頼むとかね。自分で用意しても構わないが、中々難しいよ」

「うーん……考えておきます」

「よし。じゃあ、今回の取引はこれで。次回も楽しみにしているよ。あ、そうそう、リタ。あんたそこの扉の横の水晶に触れていっておくれ」

急にそう言われたリタが振り返って店の扉の横を見ると、そこには台があって、きらきらと怪しげに輝く水晶が存在していた。

「あれは？」

「店に出入りできる人間を選別する魔道具だよ。今日はフローラがいたから入れたが、いない場合は滅多なことでは入れないようになってるからね」

「そんな魔道具もあるんですね……わかりました」

つまりこの店は基本的に一見の客は受け入れていないということだな。

魔道具店というのはそういう店が実際多い。

そうでなければ強盗やら無理に買いに来る貴族や商人やらで大変なことになるからだ。

大した魔道具を売ってないならば問題ないのだが、クスノの店は見る限り、低廉な価格帯のものから、相当高価な品までピンキリだ。

リタが水晶に触れている間、クスノは俺の顔を見つめる。

「あんたも登録していくかい？」

「俺は来るとしたらフローラと来ると思うので、無理にとは言いませんが」

ああいう魔道具はだいたい、登録可能人数が限られている。

俺で一枠埋めるのも申し訳ない気がしたからの言葉だった。

けれどクスノは勧める。

「もしものこともある。それにあんたの魔道具も可能ならば売ってほしいからね。どうだい？」

「意外に押しが強いですね……わかりました。魔道具は作ったら持ってきますよ」

その場合には性能をよく考えて作る必要があるな、と頭の片隅で考えながら答える。

昨日の革鎧のように素材に分不相応な効果をたくさん付与しているものとかは論外だ。

それにクスノはああいう趣味の品というより、実用品を求めているように見えるし。

リタのこともよく扱ってくれるようだし、恩返しにというわけでもないが、それなりのことはしておきたい。

クスノは俺の言葉に満足したように頷いた。

「そうしておくれ。ついでだ。あんたも登録していくといい。ええと、名前は……」

視線を向けられたキエザは慌てて答える。

「キエザです！」

「そうかい。じゃあキエザ。今はまだそれなりのようだが、そのうちリタの護衛も務められる程度にはなりそうだし」

「えっ、お、俺もいいんですか？」

「あんただけ仲間はずれというのもかわいそうだからね」

そういうわけで、この場にいる全員が魔道具に登録し、店を出たのだった。

＊＊＊＊

「まったく穢《けが》らわしい。なぜ我々が人族の街などに……」

王都の往来で、うっとうしそうな表情でそんなことを呟いたひとりの若者。

彼の隣にはどことなく高貴な雰囲気を纏った青年がいる。

ふたりとも非常に美しく整った顔立ちをしているが、ローブのフードを深く被っている上に、認識阻害の魔術を行使しているために目を留める者はいなかった。

もしもいれば、すぐに気付くだろう。

ふたりがエルフであるということに。

「イラよ、いつも言っているだろう。我々と人族に差異はあれども蔑むようなものではないと」

「しかしファルージャ様。こんな市井に貴方様のような方が直接いらっしゃる必要など……む、なにかいい匂いがしますね」

「あれは確か、水イモリの串焼きだったかな。かなりうまいぞ。食べてみるか？」

「いいのですか⁉」

それからイラはそれを購入して実際に口にする。

「ふむ、これは中々……人族もやりますね。穢れがどうのとかは撤回しましょう」

「現金なものだ。まぁ、だからこそお前を連れてきたのだがな。他の者ではどうにも問題を起こしそうでならんのだ。今回の用事は、我々エルフィラのエルフすべての未来を決めかねないというのに」

ふたりは、主従としての関係ではあるが、それ以上に気安い友人の関係でもあった。

基本的にファルージャとイラは、エルフィラのエルフにおける、いわゆる主人とその守護戦士の関係にある。

その場合、守護戦士はなにをおいても主人に服従するのが一般的だが、このふたりの場合、少し違った。

イラはその辺の守護戦士より遙《はる》かに自由気ままに振る舞うし、主人であるファルージャもそれを特に咎《とが》めないばかりか、彼と一緒にふざけ倒すことすらあるくらいだ。

エルフィラのエルフの伝統からすれば異端とすら言えるものだが、それが許されているのはファルージャの地位にある。

彼こそが、エルフィラを治めるエルフ五公家、その筆頭であるノクト家の主であった。

イラの方は目立たない武家の出であるものの、その実力からファルージャの守護戦士にまで上り詰めた叩き上げである。

「そのことなのですが、具体的にはいったいどのようなご用事なのですか？　いえ、なんでも五公会議の中で最重要議題に挙げられたということまではお聞きしましたが、それ以上のことは聞かされていないもので」

五公会議とは、エルフィラ聖樹国の方針を決める、エルフィラにおける最重要の会議である。ここで決められた内容により、エルフのすべてが動くと言っても過言ではなく、つまり今回の用事というのがとてつもなく大事であることはイラも理解していた。

しかし、その詳しい内容については誰にも聞かされず、ファルージャからもただ、ついてこいと言われたのみだ。

その上、今回の外出については誰かに告げてはならないとまで言われている。

その結果、妹にもただ、しばらく留守にするとしか言えなかったわけで、帰った時が恐ろしいとすら思っているくらいだった。

そんなイラの質問に、ファルージャは答える。

「ここまで来たら話しても構わないのだが……どうせだ。実際に目にするまでは秘密にしておいた方がおもしろいだろう」

「そんな！　というか、実際に目にする、ですか？　ということはなにか形があるものなのですね……？　しかし、それでエルフの未来を左右しかねないとはいったい。神器とか、強大な魔導書の取引なのでしょうか？　それとも、ううむ」

「悩んだところで答えが出るとは思えぬがな。ほら、もう到着したぞ」

ファルージャが視線を上げると、そこには瀟洒《しょうしゃ》な建物が見えた。

精緻な文字で描かれた店名が記載してある看板がかけられており、流れてくる香りから察するにそれはレストランのようだ。

入り口にはぴしりとした正装を纏った店員が立っており、かなり格式高い店であることがわかる。

エルフィラには存在しないタイプの店だ。

「ここですか。ふむ、ファルージャ様をお招きするにはちょうどいい格かと思いますが」

「勘違いするな。私が招かれたのではない。私が招いたのだ」

「えっ……」

どういうことですか、と尋ねる前に、ファルージャはさっさと歩みを進める。

店員はファルージャの顔をちらりと見ると、すぐに頭を下げて中へと通した。

認識阻害の魔術がかかっているため、顔の確認などをするのは難しいはずなのに、とイラは思ったが店員の近くに行くと納得した。

「なるほど、高度な魔道具か」

店員は眼鏡をかけていたが、近づくとわずかながらに魔力が働いているのが感じられたからだ。

魔術に長けるエルフでもこれほどまで近くに寄らなければ発動を感じ取れない魔道具は貴重な品だ。店に入る人物の正確な身分を見抜くためのものなのだろう。

それだけ、セキュリティに気を使っている店、というわけだ。

そしてそれをファルージャ自らが用意した、ということになるが……。

「いったいどのような人物が待っているというのか。楽しみになってきたな」

そう口にしながら、イラもまた、店内へと進む。

店の中は入り口こそすっきりとした印象の上品なものだったが、廊下へと案内されるとその印象は変わる。

非常に複雑な造りになっていて、覚えるのもひと苦労といった感じだった。

もちろん、緊急の場合には出口へとスムーズに進めるように案内板がさりげなく設置してあったが、一旦客室を出ると、戻る時にどの部屋に案内されたかわからなくなりそうなほどだった。

これもまた、セキュリティの一環というわけだろう。

「では、こちらへ。お決まりの頃にお伺いします」

案内人が扉を開き、中に入るよう促す。

ファルージャとイラはそれに頷いて、部屋の中に入った。

扉が閉まり、中にいる人物に視線を向ける。

見れば、そこにいたのはなんの変哲もないエルフだった。

イラは、なんだ、同族かとがっかりしたような思いだった。

人族について、穢らわしいだのなんだのと口では言うイラだったが、実際のところ嫌悪感など一切ない。エルフィラのエルフの中では、そういうことを口にしておかないと妙な扱いをしてくる者もいるため、ある種の自己保身のようなものだ。

それが、ここに来てでも出てしまったというだけだ。

ともあれ、わざわざ人族の街に来たのだから、会うのは人族だと思っていた。

どんな話がなされるのか。そもそもどのような身分なのか。ファルージャの話しようからして、もしかして人族の王族なのだろうか。

だとすれば話の内容は……。

などと色々と想像を膨らませていたのに、そこにいたのは普通のエルフ。

つまらないと思っても仕方のない話だった。

けれど、ファルージャの様子を見て、その感想は少し変わる。

ファルージャはふたりのエルフを見て、即座に膝をついたからだ。

「お久しぶりでございます。メルヴィル様。そして初めまして。ご令孫のシャーロット様」

ファルージャがエルフィラ聖樹国でそのように礼を尽くさなければならない者など、いない。

それはつまり、この世にひとりもいないということに他ならない。

現代のエルフは、建前として人族を見下すことはない。しかし、多くのエルフがいまだに見下す傾向にあるし、そうでないとしても対等以上にはなり得ないと無意識に思っているからだ。

またファルージャはエルフの中においても最高位の地位にあることから、誰に対しても膝をつく必要がない。

それなのに、である。

そんなファルージャの様子を見て、メルヴィルと呼ばれた老エルフは少し微笑み、立つように促す。

「ファルージャよ。そのようなこと、せずともいい。わしなどエルフ五公家と比べれば、ただの森暮らしに過ぎんのだ。そうだろう？」

森暮らし、とはエルフィラ本国ではなく、各地に存在する小さなエルフの集落出身であることを示す言葉だ。

だとすれば、このメルヴィルという老人は、この国のどこかにあるエルフの集落の者ということになるが、そうなると余計にファルージャの態度は奇妙だった。

いったいなぜ……。

不思議に思うイラを置いてけぼりにして、会話は続く。

「メルヴィル様をただの森暮らしなどと言えるエルフはこの世におりませぬ。それに、初めてお会いしましたが、ご令孫もまた……？」

「ふむ、わかるか？」

「一般のエルフにはわからぬことでしょう。しかし、五公家出身の者は、まだまだ血が濃い。この強い精霊の気配、清浄な気……それだけで理解することができます」

「なるほど。察しの通り、そういうことじゃ。ただ、込み入った話はまず席に着いてからにした方がいい。お連れの方も驚いておられる」

そこで初めてファルージャが振り返り、イラを見た。

ファルージャは棒立ちになっているイラに苦笑する。

「あぁ、すまない。放置してしまっていて。それに驚いただろう。だが、これはなにもおかしなことではないのだ」

「なぜです？　ファルージャ様は、エルフィラにおいて至尊の方。それなのに森暮らしなどに膝をつくなど」

「至尊、至尊か……そのような言葉は、私ではなくこの方たちにこそ、ふさわしいと言える」

「え……？」

「お前にはわからぬようだから、まず言っておこう。そうでなければ話も進まんからな。こちらのおふたりは、いわゆる、ハイエルフだ。我々が真にいただくべき、エルフの王族だ」

「は……!?　ば、馬鹿な。ハイエルフの方々は、すでに千年も前に失われたはず」

わずかにその血が、五公家を始めとする血の濃いと言われる家に流れているだけだ。

ハイエルフそのものなど、もうこの世界にいないとイラは思っていた。

「そう言われてはおるがな。これはエルフィラでも秘中の秘。まだいるところにはいるのだ。

というか、彼らが最後のハイエルフなのだが……」

「本当、なのですね」

「嘘は言わぬ。もっと近づいてみるといい。お前もエルフの端くれなら、それで理解できるだろう」

言われて、イラはゆっくりと近づく。

そして、ある程度の距離になった時点で気付く。

ふたりのエルフの清浄な気配に。

これが、エルフの王。ハイエルフという存在なのかと。

しかし、そんな気配もすぐに引っ込んでしまう。

老人の方……メルヴィルが微笑む。

「あまり目立ちすぎるのも問題だからの。普段はこのようにしておる」

これにファルージャが驚く。

「そのようなこともおできになるのですね」

「最近身につけた。それもあって、こうして人の街に久しぶりに出る気になったのじゃよ」

「そうでしたか」

「あぁ……ともあれ、そろそろ本題に入ろうか。いや、その前に食事を頼まねばの」

ファルージャたちはまだ驚きの抜けきらない状態だったが、それでも席を勧められては従わざるを得ない。

まずメニューを決めると、どこで待機していたのかわからないが、即座に扉がノックされる。

「お決まりになりましたでしょうか」

「うむ」

メルヴィルが答えると、扉が開き、店員が入ってきてメニューを聞いて去っていった。

配膳されるまでには時間が少しかかるため、そこで改めてファルージャが口を開く。

「ところで、お手紙でおっしゃっていたことは本当なのでしょうか?」

手紙とは、とイラは思ったが、五公家筆頭とハイエルフの会話に守護戦士の自分など口を挟むべきではないとその会話を見守ることにする。

メルヴィルは答える。

「そうじゃな。といっても、今の段階では仮説に過ぎぬが、かなり信憑性《しんぴょうせい》の高い話じゃ」

それからメルヴィルが語ったことは驚くべき内容だった。

ハイエルフが生まれるためには強い魔力が存在する環境が必要であり、それはたとえばこの国で言うところの辺獄のような場所であるだろうと。

加えて、強力な魔力はエルフのみならず、人族にも影響を与えて、彼らの力を底上げする。

人族にはスキルシードという加護が与えられているが、魔力の高い場所にいるとそれもまた強力になるようで、すでに確認しているらしい。

人族にそのような影響があるなら、エルフにもないわけはなく、そもそも魔物も影響を受けて強力になるのだし、そう考えるとおかしな話ではないだろうとも。

メルヴィルたちはそもそも、辺獄に昔から住んでいるわけだが、彼らの血筋にはハイエルフが生まれやすく、途切れたことがないという事実があり、ただそれがなぜかというのは今まで謎に包まれていたという。

ただ、この仮説に基づくなら、納得がいくとも。

「つまり、たとえばエルフィラのエルフが辺獄に住み、子を儲ければハイエルフが生まれる可能性がある、と？」

思わずイラがそう口にすると、メルヴィルは深く頷いた。

「その通り。そのことを手紙でファルージャに伝えた結果、今日の相談となったわけじゃな。もちろん、こんな根拠のない思いつきなど信用に値しないと考えるかもしれんが、エルフィラのハイエルフの血筋は絶えて久しい。少しでも可能性があるのであれば、知りたいのではないかと思ったのじゃ」

「感謝いたします。ただ、そうしますと、魔力の濃い土地探しから始めねばなりませんね。エルフィラではこの国の辺獄ほどの場所は中々……」

ファルージャが顎を摩りながら思案する。

そうだ、その通りだ。

魔力の濃い土地というのは中々存在しない。

あったとしても開拓されてないのが大半だ。

それも当然で、開拓されてしまえば魔力は徐々に霧散していく傾向があるからだ。

なぜそうなってしまうのかははっきりとはしておらず、いくつか仮説がある程度だが、結果としてそうなるということは事実である。

エルフィラにも古くは恐ろしい魔境があったというが、徐々に人の手が入り、開拓され、現代においては見ることができない。

しかし、考えてみると魔境が開拓されたと言われている時期と、ハイエルフが徐々に姿を消していった時期は重なっているのではないか？

だとすれば、やはりメルヴィルの仮説は正しい可能性が高い。

だが、それを実践する場所が……。

イラがそう考えていると、メルヴィルは首を傾げる。

「なにを言っておる？」

これにファルージャが答える。

「いえ、魔力の濃い土地にエルフを住まわせる必要があるのですから、土地探しをせねばと」

「そうではなくて、すでに辺獄にわしらが住んでいるのじゃから、誰か移住してもいいという者を募ればいいのではないか？　ハイエルフが生まれた時点で、エルフィラに戻ればいいのじゃ」

これはファルージャも想定していなかったようで、目を見開く。

「よ、よろしいのですか？　辺獄の集落は、メルヴィル様たちが守られる大切な場所では……」

「もちろん、そうではあるが、同胞のためでもある。ただ、色々と外には漏らせぬ情報もあるからな。人選の方はしっかりとしてもらう必要がある。性格を見て駄目そうなら、こちらで返すこともあり得るじゃろう。それでもよければ、ということになるが……」

「いえ、まったく正当なお話です。ただ、どのような人物をお望みでしょう？」

「そうじゃな。まず、人族との間に余計な軋轢《あつれき》をもたらさないことが絶対条件になる」

「なぜです？　いえ、それが嫌だとかそういうわけではないのですが」

「それは、わしらの集落は最近、辺獄の畔にある人族の村と交流を盛んにしておるからじゃな。エルフィラのエルフと異なり、みんな、人族との付き合いに積極的で、そこにエルフ至上主義者のような存在が入ってくると差し障りがある」

「なるほど。しかし、しばらく前まではそのような交流はされておられなかったと記憶していますが」

「色々あったのじゃ。話すと長くなるが」

「であれば、それは後でお聞きすることとしましょう。人選については承知しました」

「うむ。しかし、後で、ということはファルージャの方からも相談があるのかの?」

ふとメルヴィルがそう尋ねた。

これにファルージャは緊張したような面持ちになる。

「はい。こちらもエルフにとっては重大事になりますが」

イラはこれについても聞かされていなかった。

最近のエルフィラでの重大事?

なんだろうか。

そう思って耳を澄ませる。

「だいたい想像はつくが、聞こうかの」

「聖樹様のことです。このままでは、早晩枯死するものかと」

イラは驚いて絶句する。

しかしメルヴィルも、その後ろで静かに聞いているシャーロットも特に驚いた様子はなかった。

なぜだ。

エルフにとって聖樹とは、神にも等しい存在で、それはどこで生活するエルフでも同じはず。

たとえハイエルフであってもこの点は異ならないのに。

けれどメルヴィルは納得したように頷いた。

「お前がそれほどまでに思い詰めていたのはそれがゆえか。しかし、あまり心配することはない。少なくとも、延命することはできる」

「ほ、本当でしょうか？」

「うむ。ここだけの話であるが、わしらの集落に《世界樹》の成木がある。葉や枝、雫を媒介にすれば延命は可能であろう」

「《世界樹》が……？　つまり、聖樹様と同種の木があると」

ファルージャにとっても、これは初耳だったようだ。

世界樹と聖樹、同じように聞こえるが、実際には異なるものだ。

聖樹は言わずと知れたエルフィラ聖樹国に古くから存在し、エルフの信仰を集める巨木であるが、世界樹はそれよりもさらに古いと言われる。

言われる、とは実際に確認した者がいないからだ。

長い寿命を持つエルフの、おとぎ話に出てくる伝説の樹木であり、それは世界創世の時に神々によって植えられたとされるもの。

けれど、もうすでにこの世界から失われたと言われる存在でもあった。

それなのにメルヴィルたちの集落に、それが……？

　メルヴィルは続ける。

「うむ。聖樹と比べれば大きさはさほどではないのじゃが、強力な気を帯びている上、精霊が宿っておる」

「それほどの……。しかしなぜ今まで黙っておられたのです」

「わしらの集落で伝わっているのは、かつて世界樹を巡ってエルフたちの間で奪い合いが起こったということじゃ。こう言っては不快かもしれんが……お主らエルフィラのエルフたちは、その時に負けて森を出ていった者たちだという話だからのう」

「それは、確かに大っぴらに語ると問題になるでしょうね」

「じゃろう？　わしらは別にエルフィラと事を構えたいわけではないからのう。それに、昔の話じゃ。今エルフィラで生きるエルフとは直接関係はないじゃろう」

「そう言っていただけると。しかしそういうことでしたら、どうか、世界樹様の葉、枝、それに雫を融通していただけませんでしょうか。対価はどうしたらいいのか皆目見当もつきませんが」

「それについては気にせんでいい。そもそもそれだけでは根本的な解決にはならんじゃろう。見通しは立っているのか？」

「それはまったく。それこそ、言い伝えに頼るくらいしか」

「ほう？　なにかあるのか？」

「我が家に伝わる話によりますと、聖樹様が枯れそうになったことは歴史上何度かあったとのことです」

「なるほど、つまりその時の対処法まで伝わっているということじゃな？」

「その通りです」

「であれば実践すればよかろう。さほど心配は必要ないじゃろうに」

「いえ、それが……」

　ここでファルージャは苦い顔になる。

　メルヴィルは首を傾げる。

「なにか問題があるのか？」

「問題と言いますか、その対処法は不可能なのです」

「この世に不可能などそうそうありゃせんぞ」

「そうおっしゃいますが、さすがのメルヴィル様でも、ハイエルフの涙、獣王の息、そして魔人の角を得ることなどできますまい。そのお涙だけは、自前のものを用意されればよろしいかもしれませんが……」

　これにはメルヴィルも目を見開く。

　それも当然だろうとイラは思った。

ハイエルフの涙、これについてはメルヴィル自身が、もしくは孫娘のシャーロットのそれを使えばいいだろう。

しかし、獣王の息というのは、獣人でも古い種族である古獣人の中でも、王と言われる種族のそれが必要ということだ。

これはエルフにとってのハイエルフと同じく、もはや見ることがない種族で、だから手に入れようがないということになる。

加えて、魔人の角も似たようなものである。

魔人はいわゆる魔族の中でも特殊な種族であり、かなり希少だ。

この中で最も有名なのが魔王だが、それはすでに滅ぼされている。

そしてその魔王が滅ぼされたがゆえに、魔人たちは散り散りになった。

もともと群れるような種族でなく、そして少数しかいないため、もはや見つけることは不可能に近い。

そういうわけで、いずれの素材も極めて入手が難しいものなのだ。

けれど、ここでシャーロットが口を開いた。

「あの、お祖父様」

「む、なんじゃ？」

「いずれも辺獄で手に入るのでは？」

シャーロットの言葉にメルヴィルは難しそうな表情で答える。

「それはまぁ、そうなんじゃが、魔人がのう。奴らを探すのは骨じゃ。獣王に関しては獣姫をどうにかすればいいじゃろうが、わしらだけではどうにもならぬ」

「そこはほら、あの方にお願いをするというのは」

「しかし、わしらだけでも相当なご迷惑をおかけしたのじゃ。その上、同族を救うためとはいえ、さらなる骨折りをお願いするなど」

メルヴィルは首を横に振るが、シャーロットが顔を寄せて言った。

「お話しするだけならいいではありませんか。私たちもなにかしらの対価をご用意すればあくまでも対等な取引となりますし」

「それだけの貴重な素材と釣り合う取引を考えることが無理なのではないかと思うが……駄目元で頼むだけなら、構わないか」

「人のよさにつけ込むようなことだけは避けなければなりませんが」

「そうじゃな」

ふたりの間で謎の会話がなされていくのをファルージャとイラは黙って聞いていた。

どうにも、その内容からなにか手立てがあるらしいというのは理解できた。

だからこそ、まとまるまで口出ししてはよくないと考えたためだ。

そして、どうやら結論が出たらしい、と察したファルージャが尋ねる。

「今のお話は、我々をお助けいただけるということでしょうか？」

「うむ。といっても、わしらがというわけではないがな。人族じゃが、最近少し知り合った者がおる。その者に今回のことについて相談するということじゃ」

「お知り合いですか？　しかしエルフの秘中の秘を、お話しするなど」

さすがのファルージャも、聖樹のことについて人族に話すことは忌避感が強いらしい。

けれどメルヴィルが次に言った言葉には口を噤《つぐ》むしかなかった。

「別に嫌ならせずともいいが、他に手段があるのか？」

「それは……」

「じゃろう？　ただあまり心配せずともいい。その者は、少なくとも秘密は秘密としてしっかり守ってくれる。それくらいの信頼はしていいものじゃ」

「ハイエルフの方がそうおっしゃるのであれば、ぜひもないですが」

「とはいえ、話すのは少し後となるがな」

「すぐには難しいですか？」

「うむ。その者は、少しの間、王都観光を楽しむつもりのようじゃからな。それがすべて終わった後でよければ、ということになる」

エルフの危機と、王都観光を天秤《てんびん》にかけられて妙な表情になるファルージャだった。

ただ、考えれば聖樹の危機など他に救う手段があるとも思えない。

それにハイエルフからの言葉だ。

反論の言葉も出ず、最後には頭を下げた。

「承知しました。では、その時にどうぞお力添えを」

＊＊＊＊

「着いたわ」

クスノの店を出てからしばらく歩いた後、フローラがそう言って王都郊外にある一軒家の前で止まった。

かなり大きな家屋で、奥の方にある煙突からは煙が上がっている。

「なるほど、鍛冶屋らしいな。しかしこんなところにあって、客なんて来るのか？」

俺がそう尋ねたのは当然の話で、王都で有名な武具屋や鍛冶屋はほとんど中央通りに集中している。

その方が集客がいいからだ。

しかし郊外では人通りもほとんどない。

けれどフローラは言う。

「一見さんを求めてないのよ。クスノの魔道具屋と同じタイプね」

「ってことは、お前の孤児院時代からの知り合いか？」

「そういうこと。とにかく入るわよ。おーい、ゲルトー！」

扉をガンガン叩きながらフローラがそう叫ぶと、遠くから答えが返ってくる。

「誰だか知らねぇが、開いてるから勝手に入ってこい！　作業中だ！」

「はいはーい！」

フローラはそして扉を堂々と開いて中に進む。

「お、おい。いいのか？　いくらなんでも無防備すぎるだろ」

もちろん、家の主がだ。

俺たちが強盗だったらどうするのかという話である。

けれどフローラは微笑む。

「大丈夫よ。家の方には大したもの置いてないから。作業場の方なら話は別なんだけどね。こっちよ」

そしてそのまま進んでいく。

確かに見る限り、家の中は閑散としていた。せいぜいテーブルと椅子くらいだ。

生活感がないというか……。

しかしその感覚は作業場の方に入ると一変する。

「これは……」

そちらには武具を始め、様々なものが所狭しと置いてあった。

ここで食事もしているらしく、水場には食器が重なっている。

ちゃんと洗っているようで、綺麗《きれい》なものだが生活感があった。

作業場の中心部、炉の前で金属を相手にしていた男は、作業が一段落したらしく、道具の類を置いて顔を上げる。

そしてフローラの顔を見て、意外そうな顔をした。

「おぉ、こいつは意外な奴が来たな」

「意外な奴って、そんなことないでしょ？　孤児院時代から頻繁に来てるんだから」

フローラが思わずといった様子で眉をひそめる。

すると相手の方――鍛治師のゲルトだろう――は、明るく笑った。

「その頃と今とじゃ立場が大違いだろうが。なにせ今のお前は……」

そこでフローラが、唇に立てた人差し指をあてて、しーっ、と睨む。

ゲルトはそれに対してなるほどと頷いた。

「不用意に口にすることじゃなかったか。まぁそれはいい。それより今日はなんの用だ？　お前がうちに来る理由なんて大してないだろ。お前の武具は教会から支給されたものだし、俺が手を出すようなもんじゃねぇしな。さすがに法術のかかった品はどうにもならん。かといって俺がお前にできることなんて他に思いつかねぇけどよ」

フローラの武具は基本的には教会が支給する。

ローブにしろ、法術の発動体にしろだ。

これは別に市井の鍛治師を下に見ているというわけではなく、単純に聖女であるフローラが身に纏うものは教会が用意するのがベストだからだ。

フローラは主に法術を使用した戦い方をするわけだが、法術関係に一番強い集団は紛れもなく教会である。

たとえば、フローラが普段身につけているローブは法術によってその辺の金属鎧よりもずっと防御力が上昇するものだし、杖やメイスもまた、彼女が使用する法術の効力を強め、精密なものにする効果を持つ。

そういった武具を作る技術というのは教会が門外不出にしていることが多く、ゲルトのような鍛治師が知るというのは中々難しいのだった。

そのため、フローラが昔からの知り合いだといえ、ゲルトに仕事を頼むということは少々考えにくい、となるのは理解できる話だった。

けれどフローラは言う。

「私の武具については確かに足りてるわよ。そもそも、今の平和な時代じゃ、新しく作る必要もあんまりないんだけどね」

魔王討伐の旅が終わった今、フローラの武具の損耗は少ない。

辺獄で戦ってもさほどではない。

魔王討伐の旅は、それほどに厳しかった。

「じゃあまたどうして……？」

首を傾げるゲルト。

フローラは続ける。

「用事があるのは、私じゃなくて、この人なの。あと、ついでにこの子も」

そう言って、俺とキエザを前に押し出す。

俺はともかくキエザもか。

キエザの武具はエメル村の鍛治師や革職人が作ったものだ。

一般的に村の鍛治師や革職人というのは武具ではなく、包丁や鍋、革袋などの日用品を作るのが主な仕事であるのは言うまでもない。

ただ、村人が村を守るため、魔物と戦うようなこともあり得るからとその時のためにごく稀に武具を作ることがあるだけだ。

キエザの武具もまさにそういう品である。

本職の仕事で作られたものではない割にはしっかりした作りだが、やはり十分ではなさそうなところもあった。

王都で新調しておくというのも悪くない選択である。

一応、金の問題はあるが、それくらいは俺やフローラが出せばいいだけの話だ。

エメル村ではふたり揃《そろ》って色々と世話になっているわけだし、加えて村人たちの強力なスキルシードについての観察というか研究も勝手にさせてもらっている。

そのお礼や報酬だと思えば安いものであろう。

ゲルトは俺とキエザを見て、ほうほう、と頷く。

「こっちの兄ちゃんは一見細身の割に随分と強そうだな。というかこれだけの実力があるならすでにそれなりの武具を持ってるんじゃねぇのか？」

まず俺についてそう評したゲルト。

かなり見る目があるようだ。

武具を製作する鍛冶師というのは、その戦士に見合ったオーダーメイドの品を作る関係で、そういう観察眼はかなり高いことが多いので不思議ではない。

これにフローラが言う。

「それはそうなんだけどね」

「あぁ？　だったら……」

「いえ、ちょっと事情があって……って、別に隠すようなことじゃないから言っちゃうけど、この人、闘技大会に出るのよ。それでね」

確かに別に隠すような話でもないか。

隠さなければならないような問題ある事情は、テリタスが無理やりねじ込んでくれる予定だとか、俺が優勝してしまうつもりだとか、その辺りの話だ。

闘技大会出場自体は別に誰がしようとなんの問題もない話だ。

ゲルトはそれを聞いて頷く。

「なるほどな。確かにこの兄ちゃんはいいところまでいけそうだ……ええと、名前は？」

「クレイと言います。出場する時は、グレイという名前で出るつもりですが……」

「んん？　偽名か。そういうことなら、新しい武具がいるか。出自がバレないようにってことだな。顔は隠さなくていいのか？」

どうもこのゲルトは、だいぶ話が通じる男らしい。

すぐに事情を察してくれた。

「それなんですが、なにか仮面のようなものが欲しいなと。ただあまり目立つようなものをつけるのもどうかなとか、色々考えているのですが」

仮面をつけること自体は確定だ。

顔を見れば俺に気付く者はいるだろうからだ。

一般人にはほぼ知られていない俺の顔だが、闘技大会に出場するだろう、他国の実力者たちや、この国の高位貴族たちの中にはすぐに気付く者がいる。

だから隠さなければならない。

とはいえ、どんな仮面を被るかは考えものだ。

できれば誰が見ても大して記憶に残らないくらいのものが適切ではないか、とは思っているのだが、どうか。

そんなつもりの俺の言葉だったがゲルトはそれを聞いてまるで正反対のことを言った。

「いや、それならもう唯一ってくらいのものを被っちまってもいいんじゃねぇのか？」

「え？」

俺は首を傾げる。

フローラもすぐに声をあげた。

「それじゃあ、まずいじゃない。隠したいのに目立つような仮面を被ったら意味ないでしょ」

「いや、それはそうなんだが、そもそもフローラ。お前が連れてくるような奴だ。相当な強さなんだろう。そんじょそこらの奴なんか、歯牙にもかけないほどに」

ゲルトが不敵に笑ってそう言った。

その表情は、すべてわかってるぞ、とでも言いたげだった。

考えてみれば、フローラの本当の身分を知っている時点で、そういう考えにも至るかという感じだ。

フローラがわざわざ知人のところに連れてくるような人間となると、彼女がそれなりに信頼をしている人物ということになるし、そうなると教会の高位神官とか、聖騎士とか、そんなところに限られてくる。

それ以外だと勇者パーティーくらいだ。

ゲルトが俺をそのうちどれだと理解したかはわからないが……。

この点、フローラはそこも別に隠すつもりはなかったようで、驚いた様子もなく返答する。

「まぁそれくらいわかるわよね。でも、だからどうして目立つようなものをって話になるの？」

「そりゃ簡単だ。闘技大会を勝ち上がってけば、どうせ目立つのは目に見えてる。お前らがどこまで今回の闘技大会のことをわかってるかは知らねぇが、相当な実力者たちが世界各国から参加しにやってきてるからな。無名の戦士が本戦に上がりでもしたら、それだけでも目立つぞ」

「あぁ、そう言われるとそうかもねぇ……」

ゲルトの指摘に思案げになるフローラだった。

そんな中、ここまで静かにしていたキエザとリタが口を開く。

「え、ていうか兄貴、もしかして闘技大会に参加するのか⁉」

「聞いてないですよ！」

そんな風に言われて、そういえば言っていなかったなと思い出す。

そもそも闘技大会出場自体、テリタスに強要されて急に決まったことだ。

あくまでこのふたりは見物に来ただけ、観光しに来ただけと思っていて、まさか直接の知り合いが闘技大会に出場するなど夢にも思っていなかっただろう。

俺の知り合いが出るとは伝えてあったが、それが誰かも詳しく話していないしな。

だから俺は改めてふたりに伝える。

「あぁ、話の流れでどうもそういうことになってしまってな。適度に頑張るつもりだから、ふたりとも応援してくれ」

「応援するに決まってるぜ！　でも、偽名で出るんだろ？　なんでだ？」

キエザの質問になんと答えたものか迷うが、適当に言い訳を口にする。

「本名で戦ってすぐに負けたら恥ずかしいだろ。幸い、そういうのにあんまりうるさくない大会みたいだからな」

「なるほどな！　でも、兄貴が負けるところ、想像できないんだけどなぁ」

キエザからすれば、俺が辺境の森でそこそこ戦えるところを見たわけだからそんな感想になるのかもしれない。

だがこの点についてはは意外にもリタが反論した。

「いくらクレイさんでも、こんなに大きな大会じゃ難しいんじゃないかな？」

「リタ……まぁ、そりゃそうか？　というか、あんまり村の外のこと、俺ら知らないしな。世界は広いってやつか」

「そうそう」

そんな風に適度なところで納得してくれたので、俺はゲルトとの話に戻るために向き直る。

「で、当の本人はどうしたい？　さっきは目立たない方がいいって言ってたが……」

目が合ったゲルトが尋ねてきた。

どうせ目立つんだから、いっそ目立つだけ目立ってしまえという提案があったわけで、それでも目立たないような仮面を選ぶのかと。

ここは選択の難しいところだが、フローラが俺の肩をぽんと叩く。

「ゲルトの言っていることはもっともだし、目立ちなさい」

「お前もそう思うのか……一応理由を聞くぞ」

「だってそうすれば、仮面を外してる間は誰もあんたがその戦士だとは思わないじゃない？　その方が多分、それ以外の時間、過ごしやすいわよ」

言われてみると確かにその通りかもしれない。

闘技大会と模擬戦が終わったら、普通に帰るわけだし、変な野次馬とかについてこられても困るからな。

魔王討伐が終わった後、王都に帰ってきた時の群衆を思い出す。

彼らはユークやフローラに気付くと、それこそもみくちゃにしかねないくらいの勢いで群がってきた。

実際にはフローラが簡易的な結界を張って一定距離以上には近づけないようにしていたが……。

今思うとあれはよかったのだろうか？

結界の向こう側で潰れている群衆の顔を思い出す。

まぁ、今さらな話か。

ともあれ、俺はゲルトに言った。

「確かに目立つ仮面の方がいいかもしれません。なにかありますか？　闘技大会はすぐですし、今から作ってもらうような時間はないと思うのですが」

いくらここが鍛冶屋だからといって、今日明日すぐに武具や仮面ができるとも思えない。

腕のいい鍛冶師は魔術を使いながら鍛冶をするため、普通の鍛冶の何倍も仕事が早いものだが、さすがに一日二日でというのは無茶であることくらいわかっている。

俺の言葉にゲルトは少し考える。

「あー、そうだな。仮面の類は実のところいくつかある。顔に負傷した奴ら用のものがな。そこから選ぶといい。選んだら、少しいじって今日中に届けてやる」

ゲルトが指さした場所には棚があったので、そこを開けるといくつかの仮面が出てきた。

「ええと、これはユニコーンね。こっちはカラス。シンプルにただの顔って感じのもあるわね。骸骨も悪くはないけど……不気味すぎるかしら？」

フローラが仮面をいくつも取り出して、俺の顔に合わせていく。

どうやら俺に選択権はなさそうだった。

キエザとリタも、つけては外される俺の顔というか仮面を見ながらふむふむと頷く。

そして最後にフローラが俺の顔に合わせたのは……。

「あ、これ、結構よくない？」

それはおそらくは鷹《たか》をかたどった仮面だった。

嘴《くちばし》の色は黄色く塗ってあり、それ以外の部分は羽毛の生えたような形に仕上げられ、白く塗ってある。

まさしく鷹という感じだ。

キエザとリタもこれがいいと思ったのか頷いている。

「似合ってるぜ、兄貴！」

「うんうん、いいと思います！」

と調子のいいことを言っている。

俺としてはなんでもいいので構わないが……。

「顎とか結構見えるタイプだけど大丈夫だと思うか？」

そう尋ねる。

フローラは頷く。

「問題ないでしょう。顎の形なんて詳しく記憶する奴滅多にいないわよ。あとはあんたがどれだけうまくやれるかね」

この場合のうまくやる、とは俺だとバレないように上手に振る舞えるかどうかのことだな。

その辺りについては割と得意な方なのでなんとかなると思う。

魔王討伐の旅でも、勇者パーティーの面々は俺以外が非常に目立つというか、特徴的だった。

そのため、なにか潜入任務とか、身分を隠して仕事をしなければならないような場面で主に動くのは俺だった。

だから慣れっこなのだ。

立ち居振る舞いを普段のそれとは変えるのである。

「ま、やってやれないことはないだろ。問題は戦ってる最中にこいつが顔から落ちないかだが……」

俺は少し不安を口にする。

なんの変哲もない仮面だ。その可能性はある。

だがゲルトが言う。

「さっき加工してやるっつったろ。高度な法術とかは俺には付与しようもないが、一般的な付与ならできる。仮面には《一体化》を付与しておいてやるよ」

《一体化》とは武具にされる付与の中でも珍しいもので、かけられている武具は決して装備者から剥がれないというものだ。

剣ならいくら握力がなくなっても手に張りつくし、鎧ならば身体が真っぷたつになっても鎧は上下にくっついたままという優れものである。

　実質呪いだ。

　そんなものを付与ができる鍛治師はさすがに珍しい。

「あんな呪いじみた付与、よく覚えたな」

　そういうことになるからだ。

　しかしゲルトは笑った。

「おもしろそうだったからな。それに防具はともかく、武器の方は意外にかけてほしがる奴らが少なくない。あまり強くかけると接着剤みたいにどうやっても離れなくなるが、弱めなら武器を取り落とさない、くらいの効果に収まる」

「調整できるのか。なら……」

「仮面もそうするか？　でもそうすると相手が仮面を剥がそうとしたら割と簡単に剥がれてしまうぞ？」

　俺は言われて少し迷う。

　だが、最終的には答えはひとつだった。

「さすがにそれは問題だな。仕方ない……強力なやつを頼む」

「おう、任されたぜ。じゃ、あとは武具だが……どうする？　店にあるやつから選ぶか？　ここに並んでるものからでもいいが」

ここは店頭ではなく鍛冶場であるが、完成品の武具もかなりたくさん並んでいる。

倉庫も兼ねているのだろう。

「鍛冶師のあんたにこんなことを言うのも悪いが、今回使う武具はある程度丈夫ならなんでもいいんだ。だから、安い数打ちとかで構わない」

「俺の武具を使い捨てにしようってか？」

「そこまでは言わない。せっかく自分の武具にしたからには、大切に扱うさ。だが、逸品とか手に入れてもしょうがないしな。こちらについては目立たないものでいいんだ」

武具でも目立ってしまうと、それを狙って襲いかかってくる輩というのがこの世には結構いるものだ。

だからこっちは安物で構わない。

ゲルトもこれには納得したようで、頷いて武具一式を選びはじめる。

「そういうことなら、この辺で構わないだろうな。安物の魔鉄製の鎧に、同じく剣だ。片手剣で構わないか？　お前、魔術も使えるだろう」

「それも見ればわかるか」

魔術も使える剣士は、片手を自由にした状態で戦うことを好むことが多いため、ゲルトは片手剣を勧めてきた。

実際のところ、俺は魔術を出す時に手を空ける必要はないので片手剣でなくてもいいが、闘技大会でそれを見せるとやはり少し面倒なことになりそうな気もした。

そこからするとベストな選択だな。

ゲルトは言う。

「何年鍛治師をやってると思ってんだ。まぁそれだけに本当はもっと腕を振るいたかったところだが……サイズもちょうどいいな。少し調整すれば十分だろう。どうだ？」

俺が勧められた防具を纏うと、ゲルトは少し肩や腰などを叩きながら確認する。

「問題ない。重さもいいな。軽い」

「特に付与の類はかけてねぇが、重要な部分だけ厚くして他は軽量化を意識して製作したものだ。これも調整して今日中に届ける。で、お前の方は……」

ゲルトはキエザを見る。

「え、俺？」

「お前も武具が欲しいって話だったろ？」

「いや、でも俺、金が……」

キエザがそう言ったので俺が口を挟む。

「こいつの武具代は俺が出す。実力に見合ったものをくれ。金に糸目はつけない……と言うほどの武具はまだ似合わないだろうから、そこそこのでいい」

「あぁ、そうだろうよ。こいつは闘技大会出ないんだよな？」

「その予定はないな」

さすがに今から出場登録はできない。

俺の場合はテリタスのねじ込みがあるからこの時期でもできただけだからだ。

それに、できたとしてもさすがに今のキエザを闘技大会に出場させるのはよした方がいいだろうしな。

公式の大会ではあっても、闘技大会というのは意外に危険だ。

万が一その場で死んだとしても原則的に事故として扱われる。

もちろん、故意なら殺人になるが、それが証明されることは少ない。

だからそういう目的で出場する人間というのがたまにいる。

今回ほど大規模だとなおのことだ。

そのうち、小さめの大会に出すくらいはいいかもしれないけどな。

俺の言葉にゲルトは頷く。

「そういうことなら、お前には俺が武具を打ってやるよ。ちょっとこっち来い」

ゲルトはそれからキエザに武器を持たせたり、体型を測ったりしはじめた。

本気で武具を打ってくれるらしい。

そして採寸も終わり、店を出る段階になってゲルトが言った。

「じゃあ、これで用事は終わったな。クレイ、闘技大会楽しみにしてるぜ。俺の武具でどこまでいけるかをよ……フローラの元パーティーメンバーの実力もな」

それを聞いて、やはりわかっていたか、と俺は思う。

「期待に応えられるかはわからないが、最低限の努力はするよ」

それくらいしか答えられることはなかったが、ゲルトはそれに対して微笑む。

「絶対見に行かねぇとならねぇな、これは。いやはや、楽しみが増えたぜ」

＊＊＊＊＊

次の日。

「ええと、こっちだったよな？　リタ」

キエザが人混みの中、きょろきょろと辺りを見回しながらそう言った。

後ろにはフローラとリタ、それにメルヴィルがいる。

ただし、クレイとシャーロットの姿はなかった。

「ええ、そうだったはずよ。そうですよね、フローラさん」

リタが少し不安そうにそう尋ねると、フローラは頷いて答える。

「このまま進んでいけば闘技場だから間違えようがないわ。それに今日は開会式と予選だけだから、最悪見られなくてもそこまで問題はないし」

そう。

今日こそがユークの模擬戦、その前座となる闘技大会の開催日だった。

四人はその見物のために会場である王都闘技場に向かっているところだ。

闘技大会のスケジュールだが、まず、王都闘技場にて開会式が行われ、その後に予選が始まることになっている。

予選は今日と明日の二日間で、そこで人数を絞り、明後日本戦が行われて優勝者が決まる、という日程だ。

「そんな！　せっかくクレイさんが出場するんですから、しっかり応援しないと！」

フローラの少し薄情にも聞こえる言葉にリタが叫んだ。

リタとキエザは、クレイがテリタスに頼まれて優勝するつもりだということは知らない。

フローラからすればクレイの優勝は当然の話だったが、リタとキエザはいくらクレイが強いとは知っていても、そこまでではないと考えているのだ。

フローラはクレイが紛れもなく世界一の戦士であることを知っている。

魔術や法術の能力について、世界最高峰である三人と肩を並べるくらいの超一流であることも。

けれどリタやキエザからすると、クレイはものすごい実力者ではあるにしても、世界は広いし、王都に出れば同じレベルが普通に存在してるだろうし、さらにその上も探せばそれなりにいるのだろうな、と、そういう感覚なのだった。

そもそもクレイはリタやキエザにその実力のすべてを見せてはいないし、実力と比べるとあまりにも謙遜しすぎているために、この認識の責任はクレイにある。

フローラが訂正することもできたが、今回のようにクレイと行動を共にすれば自ずと気付いていくだろうし、その気付いた時の顔を見るのはおもしろそうだという感覚があったために、あえて伝える気はないのだった。

「確かにそれもそうね。それにしても、考えてみるとクレイのことを応援するとか今まであまりなかったかも？」

ふとそう思ったフローラにリタが首を傾げる。

「そうなんですか？　昔はずっと一緒に旅をしてたってお話でしたし、ありそうですけど？」

基本的に、リタたち村人にはフローラとクレイの関係はそれで通している。

ただし、あまり細かい話はしていない。

旅してきた地域とか年数とかについて詳細に語れば、いずれはその旅路が勇者パーティーのそれとかなり似通っているなと気付かれてしまいかねないからだ。

それで心底困るということもないのだが、クレイはあまり喧伝したいわけではないし、フローラとしてもそれで村人たちに距離を置かれたら悲しいので、伏せられるうちは伏せておくことにしている。

ただし、メルヴィルやシャーロットは特に言及することはないものの、すでに察している節がある。

そこのところは村人たちと、辺獄を長年住処としてきたエルフたちの大きな違いだろう。

そもそも、辺獄のエルフたちがその総力を挙げて張った強力な結界を軽く抜け、彼らが苦慮していた世界樹を蝕《むしば》む黒竜を相手にして無傷で討伐できる人間などその辺にいるはずもなく、それでなにも思わない方が難しい。

「旅の中ではなにをするにしても、応援するっていうより一緒に頑張るっていう経験の方がずっと多かったからね」

「あぁ、なるほど……でも、こういう闘技大会みたいなのに参加したりとかしなかったんですか？　私は詳しくないですけど、色々なところで開かれているんですよね」

フローラが思い返すに、確かに旅の中で通った様々な国において、闘技大会が開かれていた。

ただし参加したのは数えるほどだし、クレイが出場することはなかった。

その理由についてフローラは説明する。

「当時はそんな余裕はなかったもの。それでも必要にかられた時もあったのだけど……」

「だけど？」

「他のメンバーが出たわ。クレイは私と観戦に回ったわね」

ついでに言うならテリタスもだが、彼は観戦すらせずふらふらとしていたことも多く、ふたりでユークが戦っているところを観戦している記憶が一番多かった。

「そうなんですか……」

なぜクレイが出場しなかったかと言えば、当時はまだ今ほど強くなかったというか、ユークこそがパーティーでは単騎で最強だったからだ。

テリタスも強かったが、彼はあくまでも魔術師であり、闘技大会向きではなかった。

それでも、もし彼が闘技大会に出場していたら容易に優勝しただろうが、ユークには剣術も魔術もあるため、汎用性が高かった。

テリタスは結局のところ魔術一辺倒だったのだ。

さらに言うなら、彼はパーティーで一番の怠け者で、そういう時に誰が出るかという話になると最初に自分はパスだと抜けてしまう。

勇者パーティーとしての責任は感じているので、彼以外に適任がいない時はちゃんと仕事をするが、それ以外は極力他の誰かに投げる。

そういうスタンスなのだった。

「だからこんな風にクレイが戦うところを観戦するなんて珍しい経験よ。できることなら、いいところまで上がっていってほしいわね」

これは紛れもない本心で、リタもそれに笑顔で頷いた。

「そうですね！」

四人はそんな風に雑談をしながら、闘技場の中に入っていく。

「お、ここっぽいぞ！　だけど……え、本当にここでいいのか？」

観客席はほとんどが指定席で、四人の席ももちろんそうだった。

それ自体はおかしくはないのだが、キエザが意外そうな声をあげる。

「どうしたの？」

リタがその反応に不思議そうに首を傾げると、キエザが眉根を寄せる。

「いや、なんか随分といい席だなって……。ここ、ほとんど最前席じゃないか？」

リタはあまりそういうところは考えてなかったようだが、言われてはたと気付いたらしい。

周囲を見回して、納得したように頷く。

「確かにそうかも。そういえばこういう席って高いってお父さんが言ってたような」

そんなふたりにフローラは微笑んで、座るように促す。

「まぁ伝手で手に入った木札だし、そういう細かいことは気にしなくてもいいでしょう。ほら、詰めて」

「お、おう」

「は、はい」

ふたりはそして勧められるままに奥の二席に腰かけ、それにフローラ、メルヴィルと続く。

席に座ってからは、リタとキエザは楽しそうに初めての闘技場や闘技大会について話しはじめた。

そんな中、メルヴィルがフローラに小さな声で話しかける。

「このような席、まともに取ろうとすれば金貨が必要でしょうに」

「さすがにわかりますか」

辺獄からほとんど出ることのないメルヴィルである。

もしかしたら気付かないかもしれないと思っていたフローラだったが、それは甘い考えだったようだ。

やはり長く生きたエルフは世の中のことをよく知っている。

「森の奥に住む田舎者ではあっても、大まかな物の価値くらいは理解しておりますからな。ただ、あのふたりにはあえて伝える必要がないことも同感です」

「お気遣い感謝します……ところで、シャーロットはどうしているのですか？」

フローラがこう尋ねたのは、シャーロットにも観戦のための木札を渡しているのに、メルヴィルの隣の席が空いているからだ。

宿を出発する時にリタとキエザも同様のことを尋ねたが、その時はどうも用事があるらしいとだけメルヴィルは答えた。

おそらく、なんらかの事情で答えなかったのだろうと想像はついているが、今なら正確な理由を聞けるのではないかと思った。

実際、メルヴィルは微笑んでその理由を口にする。

「クレイ殿と同じですよ」

それでフローラはなるほど、と思った。

それならば観客席には来られないだろうと納得もいった。

答えなかったのも、リタとキエザのふたりを驚かせたいという意図からだろうとも。

ただ、気になることがある。

「シャーロットも出場するのですね。でも、昨日今日で飛び入り参加できるようなものではなかったはずですが……」

シャーロットにはクレイのようなコネはないはずだ。

そんなフローラの疑問にメルヴィルは答える。

「実のところ昨日、同胞と会合を持ちましてな。その際に、ハイエルフの力を見せてもらえないかと言われてしまいまして」

「同胞とおっしゃいますと……聖樹国の？　そうですか、会えたのですね」

村を出る前から聞いていたメルヴィルの用事だ。

正確にいつ、どこでと聞いていたわけではないが、王都滞在中に会うのはわかっていた。

それ以上尋ねるのは失礼かと思って聞いていなかったわけだが、本人の口から出た話であるから言及してもいいだろう。

もちろん、エルフがとかハイエルフがという話を他人が聞いている状態ではできないため、フローラもメルヴィルも周囲に会話が漏れないよう、静かに結界を張っている。

それでいて外部の音声は拾えるようにしているのだから、ふたりとも器用極まりなかった。

「森の外で同胞にこれほど気楽な気持ちで会いに行けるなど、少し前まで考えられませんでしたが……すべてはフローラ殿とクレイ殿のおかげです。しかも、聖樹国にとってもいい話を持ってこられた。ですが……」

「なにか問題が？」

首を傾げるフローラに、メルヴィルは説明する。

「ええ……やはり、急にそんなことを言われても、という部分はあるようで」

「揉めたのですか？」

心配げな表情のフローラに、メルヴィルは首を横に振る。

「いいえ、そこまででは……。会合を持った聖樹国のふたりのエルフは、どちらもあの国出身のエルフにしては珍しく気持ちのいい性格をしていましたよ」

その言葉にフローラは少し笑ってしまう。

というのも、聖樹国のエルフのイメージはフローラにとってもいいものではないからだ。

「メルヴィルさんがそうおっしゃるということは、やはり集落のエルフとは性質が異なるのですね」

「残念なことに、どうにも選民意識が高い者が多いようで。フローラ殿もご存じのようですね」

視線を向けてくるメルヴィルに、フローラは少しため息をついて答える。

「かつてあの国を訪ねたことはありますので。それに旅の最中にもエルフにはそれなりに会いました。中には素晴らしいエルフもいましたが、割合を考えますと……」

「悪い意味で誇り高い連中が多かったと。同族が、誠に申し訳ない……」

メルヴィルが頭を下げるが、フローラは慌てて彼の肩を掴《つか》んで頭を上げさせる。

「そんな、メルヴィルさんが謝られるようなことでは。辺獄と聖樹国のエルフはいわば、国の異なる人族のような関係でしょう。他の国の国民性など、気にしはじめたら私たち人族の方がエルフたちに謝らなければならないことばかりです」

事実、エルフが人族に対して尊大だったり、見下し気味だったりするのには人族にも責任がある。人族の中には、エルフの容姿や能力を目当てに、彼らを狩り、奴隷のように扱おうとする者がいるからだ。

しかも、古い時代に多くの国において普通に行われていたことだった。

ただし、現代においては一般的に許されないものとされている国が多い。

「そう言っていただけると気が楽になります」

「いえ……」

「少し話がズレましたな。ともあれ、今回会ったエルフはそういったタイプではなかったのですが、本国に戻ればやはり多数派は異なるのが事実」

「そうでしょうね」

　そこでフローラも段々と想像がついてくる。

　メルヴィルは続けた。

「急に現れたハイエルフを名乗る存在が、聖樹国の絶えたハイエルフの血筋を復活させることができる、などと話しても容易には信じないだろうと言われました」

「しかし、エルフはハイエルフをそうだと見ればわかるのでは？」

「わかる者とわからない者がおります。よりハイエルフに近い血筋の者、もしくは相当な実力者……精霊と親しい者であればわかるのですが、聖樹国のエルフでそのようなエルフの数はかなり減ってしまったようで」

　これはフローラにとっても意外な話だった。

　エルフというのは誰をとっても、相当な魔術・精霊術の使い手である。

　つまり、みんな、精霊と親しい者かと思っていたが……。

「すべてのエルフが精霊と親しいわけではないのですか？」

「それが精霊術を使えるかどうか、という意味であれば成人したエルフであれば特殊な事情がない限り使える、という答えになります。しかし、我々の言う精霊と親しいとは、精霊の姿をはっきりと視認し、対話できる者を指すのです。辺獄のエルフはこの点、全員がこの意味で精霊と親しい」

「聖樹国のエルフは違うと？」

「残念ながら、かなり少ないようです。私も実際に訪ねたのは随分と昔のことになるので、今どうなのかはわからないのですが、聖樹国において長老と呼ばれる層であっても、十人にひとりいる程度だという話で」

「なるほど。確かにそうなると、メルヴィルさんやシャーロットをハイエルフだと見ただけで理解できる者も滅多にいないということになってしまいますね」

「そうなのです。そのため、わかりやすく信じさせる理由が必要だと言われてしまいましてな」

「それで闘技大会に？　ですが……」

なぜそれで出場することになるのかは少しよくわからないところだ。

首を傾げるフローラにメルヴィルは続ける。

「今回来た聖樹国のエルフ、そのうちのひとりが相当な実力者でして。本国だと彼に勝てる者は滅多にいないそうです。それこそ、明確な上位者でもない限り」

そう言われて、フローラはやっと理解できた。

「あぁ、その人物も闘技大会に出場されるのですね。そして、シャーロットは勝たなければならないと、そういう話ですか」

「その通りです。聖樹国のエルフは、聖樹に誓った時に嘘を言うことはできないですから、本国に戻り、我々の話をする時に、確かにシャーロットに負けたという話を聖樹に誓ってすれば納得されるだろうと」

それを聞いて確かに聖樹国のエルフにはそういう信仰があったなと思い出す。

辺獄のエルフたちもまた、世界樹を信仰対象にしているが、そこまでガチガチではないというか、世界樹に誓ったら嘘は言えないというほどでもない。

いや、本心で誓ったら言えないのかもしれないが、口ではなんとでも言いそうというか、そういう部分では非常に柔軟な性質をしているところがある。

聖樹国のエルフは反対に誇り高いがゆえに頭でっかちというか、形式重視なイメージがあるのだった。

だからこそ、今回の話は有効に働くだろうとも思える。

ただ……。

「シャーロットは聖樹国のエルフに勝てますか？」

フローラはそのエルフを見てはいないのでどの程度の実力者なのかはわからない。

だから気になった。

けれどこれにメルヴィルは微笑んで答えた。

「あの程度でしたら、問題はないかと。シャーロットもそれなりに鍛えております。さすがにクレイ殿やフローラ殿ほどとは言えませんが……聖樹国のエルフが相手でしたら、ね」

「それなら、安心ですね……あ、そろそろ開会式が始まるようですよ」

「そのようですね。ではお話はここまでとして、そちらを楽しみましょうか」

「はい」

フローラは頷いて、視線を闘技場ステージに向けたのだった。

第三章　闘技大会開会

『……闘技場にお集まりの皆様！　静粛に！』

ガヤガヤとした喧噪《けんそう》が続いていた闘技場に、そんな声が響き渡る。

もちろん、肉声ではなく、拡声魔道具を使うことにより何倍も増幅された声だ。

こういった闘技場には必須の設備である。

『本日は、王都闘技場にご来場いただきまして、誠にありがとうございます！　長らくお待たせしましたが、ただいまより、魔王討伐記念闘技大会を開会いたします！　では、選手入場！』

それと同時に、闘技場の一部に設けられている門が開き、そこから様々な人物が入場してくる。

貧相な革鎧と安物の剣を持った若い戦士から始まり、深くフードを被った魔術師と思しき人物や、見たこともないような武具を身につけた者、およそ戦闘をできるとも思えないドレス姿の女性もいるほどだ。

しかしいずれも共通しているのは、その全員がこの闘技大会……魔王討伐記念闘技大会の出場者であることだ。

そう、魔王討伐記念の大会らしい。

大会の名称は聞いてなかったが、確かに模擬戦前座闘技大会なんて言えるはずもなく、じゃあどんな名目なのかと言われたら、ユークに関係あって、今開催してもおかしくないとなると魔王討伐記念という名称がふさわしいのは理解できた。

ただ、まさか俺、クレイ・アーズがその中に混じるとは、村を出発した時には想像もしていなかったことだが、こうやって実際に参加者の中にいると楽しくなってくるところはある。

いかにも目立たないように生きている風に見えるからか、こういった催しを好まないように考えられがちだが、実際にはそれなりに好きな方だ。

魔王討伐の旅の最中は、ユークたちの手前、俺が目立つのはよろしくなかろうと役割を認識していただけで。

もちろん、ユークたちは別にそんなことを俺に求めたりなどしていないし、旅の途中に何度かあったこういった闘技大会などに俺が率先して出場したいと言えば止めはしなかっただろう。

実際には、やむにやまれぬ事情がない限りはそういうものに参加することはなかったけれど。

「おう、兄さん。あんた、どの辺まで行くつもりだ？」

闘技場に集うたくさんの観客たちに向けて手を振りながら入場していると、隣で同じようなことをしている戦士らしき男にそう話しかけられる。

筋骨隆々のガタイのいい男で、予選は絶対に突破してやるという覇気が感じられた。

実際にはそんなに簡単ではないだろうが、やる気がなければ参加なんてしないだろうからな。

そんなことを考えながら、俺も彼に尋ねる。

「あんたはどうだ？」

質問を質問で返すのは無礼だったかもしれない、と少し考えたが、男は気分を害することなく答えてくれた。

「俺か？　俺はまぁ、本戦まで行ければ御の字だな。もともと腕試しで出ることにしたから、結果にはそれほどこだわっていない。行けるとこまでってやつさ」

「なるほどな……現実的でいい目標だ」

闘技大会に出場する人間にはだいたい大きく分けて二種類いる。

まずひとつ目が、この男のようにただ自分の腕を試したい、という者だ。

まぁ多かれ少なかれ、この気持ちは闘技大会なんてものに出場する時点でみんな持っていると言ってもいいが。

ふたつ目が、富や名誉目当ての人間だな。

これもわかりやすいだろう。

実際、この闘技大会では上位入賞すればかなりの貴重品がもらえるらしい。

賞金の方も相当なもので、優勝すれば冗談でなく十年は遊んで暮らせそうな額が出る。

加えて、これだけ大規模な闘技大会でいいところまで行ければ、それだけで騎士団や魔術師団などから引っ張りだこだ。

ただ、俺は少数派でそのどちらにも属さないから、なんと言えばいいか迷うところだ。

けれど男は突っ込んで聞いてくる。

「で、兄さんはどうだ？」

さて、正直に答えるか、適当に答えるか。

どっちでも別にバレないからなんでもいいだろうが……ただ、ふと思った。

以前であればあまり目立たないようにとこういう時ははぐらかしてきた。

適当に頑張るさ、とか、金がもらえたら嬉しいな、とか。

そんなありがちなことを言えば興味は薄れていくから。

けれど考えてみるともはやそんなことをする必要はないのだ。

そもそも、わざわざ仮面を被って身元についてはバレないようにしているのだし、それ以上窮屈にやらなくてもいいだろう。

そこまで考えた俺は、男に言った。

「俺の目標は……優勝だよ」

すると男は、口笛を吹いて笑う。

「はっはぁ、兄さん随分と吹かすねぇ！　だが、やっぱ男はそうじゃねぇとつまんねぇよな。よっしゃ、俺も目標変更だ！　お互い今日は優勝目指して頑張ろうぜ！」

「あぁ」

バンバンと肩を叩かれ少し痛むが、なんだかこういうのも悪くはないなと思った俺だった。

そして、入場が終わり出場者たちが闘技場内に整列する。

といっても別に事前に練習したわけでもないから、綺麗にとはいかないけどな。

出場者にはそういった規律を身につけているだろう騎士と思しき者も結構いるようだが、冒険者や傭兵、それに普段はただの町人なんじゃないか、という者までいるのだからさもありなんという感じではある。

そんな中、アナウンスの声が拡声魔道具から流れてきた。

『それでは、皆様ご起立ください。国王陛下のご入場です！』

その声に観客たちは立ち上がり、神妙な表情になる。

耳にキィンとした無音が聞こえる中、観客席の中央、俺たちから正面に見える部分にあるバルコニーのようになっている部分に、国王陛下が進み出る。

いかめしい髭面《ひげづら》に王冠を被り、錫杖《しゃくじょう》を携えたこの男こそユークの父であるゼルド・ファーガス・アルトニアだ。

隣にはかなりの年齢であるはずなのに未だに美貌が衰えていない、王の妃であるアレクサンドラ様がいて、微笑みながら手を振っている。

おふたりの仲は非常にいいことで知られていて、お互いを見つめる視線は柔らかだ。

それなのに、なんでその子供たちはこんなことになっているのか、と思ってしまう。

そう、彼らの後ろにはユークと第一王子であるアルトンがいる。

ユークは俺の見慣れた、しかし本心の籠もっていない外向けの笑みを浮かべている。

きっとあれはあまりおもしろくないと思っているなとわかる。別にユークは闘技大会の類の観戦は嫌いではないので、それが理由ではないことも。

その理由はもちろん、近くにいる彼の兄、アルトンにある。

このふたりは間違いなく仲が悪いというか、アルトンの方が一方的にユークを敵視していると俺は知っているわけだが、さすがにその関係を国民の前で見せるようなことはしない。

むしろ非常に仲良さげに見えるくらいだ。このくらいの腹芸はできなければ王族などやっていられないというのが正直なところだろうな。

だがユークに代わってくれと言われても俺は絶対に代わりたくないなとも思ってしまう。あれを代わるくらいなら、魔王討伐を代わりにする方が全然マシだ。

実際にやったしな……。

また彼ら王族の背後には、コンラッド公爵……ギーグ・コンラッドの姿もあった。

言わずと知れた、アルトンに肩入れし、ユークを魔王討伐の旅へと赴かせ、亡き者にしようとした男である。

しかし結果としてユークが予想外にも奮戦し、本当に魔王討伐してしまったことで窮地に陥っている男。

改めて考えてみると滑稽な話だが、普通は魔王討伐など可能だとは誰も思わないのだから、コンラッド公爵はあまりにも運が悪すぎたと言える。

ただ、それはともかくとして、ユークが魔王討伐の旅から帰ってきた後の暗躍については残念ながらよくない選択だったとしか言えない。

ユークの魔王討伐を疑い、そんなことができるわけがないと決めつけ、これほどの観客を集めた前で彼に実力がないことを証明しようとするなど。

まぁ、魔王が討伐されたかどうかの確認を、魔王の首以外からしようとすると何年もかけて地道に確かめるしか方法がなく、今の段階で打てる手がそれしかなかったという彼の切羽詰まった状況も俺には理解できるが……。

ともあれ、今は笑顔でいるコンラッド公爵の表情が、すべての日程が終わった時にどうなっているかは楽しみにしておきたいなと思った。

『アルトニア王国国王、ゼルド・ファーガス・アルトニアである！』

拡声魔道具から陛下の声が響く。

その地位に見合った堂々とした声で、闘技場内の人間は、観客、参加者問わず頭を下げる。

『……よい、よい。今日はよき日である。頭を上げるのだ。主役は大会に出場する戦士たちであり、我々ではないのだから』

陛下は鷹揚な仕草でさらに続ける。

『我が息子とその仲間たちにより、魔王が討伐され、これからは平和な時代がやってくるだろう。それゆえに、武芸や攻撃魔術の価値を疑問視する者もいるかもしれぬ。だが、それらの価値は、魔王がいなくなったことで落ちることは一切ない。なぜなら、魔物は存在し続け、奴らと戦う力はこれからも必要とされ続けるからだ』

これは事実だ。だからこそ、魔王討伐が本当になされたのか、はっきりと確認するのが難しいのである。

もちろん、俺たち実際に魔王を討伐した人間からすれば自明のことだが、国がそれを確認しようとするなら、魔王城まで行って、確かに魔王はもういなくなったと見てくるしかない。

だが、現実的に言ってそれは厳しい。

なぜなら、魔物という存在は、魔王城に近づけば近づくほどに強くなるからだ。

これは魔王があえてそのような立地に城を築いたからに他ならない。

普通なら、いかに魔族であろうとそのようなことをしようなどとは考えないだろう。

通常の魔族も少しくらいなら魔物を従えることはできるが、せいぜいが数体であって、強力無比な魔物が大量に存在している空間にいれば、普通に襲われてしまうからだ。

しかし魔王に限っては魔物を従属させる特別なスキルを持っていて、それを使えばどれほど強力無比な魔物であろうと、どれほどの数がいようと襲撃してくることはないのだ。

そしてそうである以上、周囲に尋常ではない強さの魔物がたくさんいることは、自分の守りを強く固めることになる。

実際、俺たちが魔王城周辺で戦った魔物は化け物ばかりだった。

少し前に、辺獄で戦った黒竜クラスの魔物も普通に思える程度にである。

そんな場所をお前の目で確認してこいと言われても、一般的な兵士にそんなことができるわけがない。

この国でも上位の腕前を持つと言われる騎士たちとて、決死の思いで行く必要がある。

つまり、実質的には不可能なのだ。

だから別の方法に頼るしかなく、それはたとえば、これから数年程度の期間、魔物の襲撃が以前と比べて減少していくのかを記録していくというやり方である。

魔王は魔物を指揮できた。これは事実だ。

そしてその魔物の襲撃によって、各国は被害を受けてきた。だから、その襲撃がほとんどなくなったなら、それは指揮する者がいなくなった可能性が高いということになる。

そういう話だ。

だが一年来なくても二年目には来るかもしれないし、三年来なくても四年目にはわからない。

だからある程度の期間の観察が必要なのだ。

しかしそんな悠長なことをしていたら、コンラッド公爵はそのまま失脚する。

というかユークがすんなりと玉座を手にしてしまう。

陛下は少なくとも今日明日に命を落とすような感じには見えないが、明日のことなど誰にもわからない。

それに、国民の声がユークに玉座へ、となっていて、それが一年も続けばゼルド陛下も、では次期国王はユークだと宣言せざるを得なくなる。

それはコンラッド公爵の立場からすれば、是が非でも避けたい話だ。

そのための、起死回生の手段が、ユークの模擬戦だったというわけだ。

陛下は続ける。

『……人を、そしてひいては国を守る勇士たちよ。お前たちの実力を、今日は存分に発揮し、見せてくれ。これをもって、魔王討伐記念闘技大会の開会宣言とする‼』

そして、闘技場内は割れんばかりの拍手で満たされる。

わざわざ勇士、と言ったのは勇者とかけてのことだろうな。

ユークは勇者だが、参加者に向けて、人々をその実力で守っているお前たちもまた、魔王討伐をなした勇者と同じだけの価値がある存在なのだと言っているわけだ。

これには参加者たちも皆、結構目を輝かせている。

「あれだけ言われちゃ、実力を出し切らないわけにはいかねぇよな」

先ほどの男が俺に言ってきたので、拍手しながら俺は答える。

「あぁ。陛下に恥じない戦いをしようぜ」

正直、魔王討伐だけですでにしたとは思うが、今日はまた違う戦いを見せるのも悪くはないだろう。

＊＊＊＊＊

「あ、戻ってきた」

観客席に座るフローラが振り返って俺にそう言った。

そこにはフローラの他、リタとキエザ、それにメルヴィルがいるが……。

「あれ？　シャーロットは？」

彼女が座っているべき席が空いていた。

これにメルヴィルが答える。

「シャーロットはほら、あそこにおりますぞ」

そして闘技場ステージを指さした。

先ほどまで参加者である俺も立っていた場所だ。

そちらに視線を向けると、確かにシャーロットのハイエルフ特有の清浄な魔力が感じられる。

ただし、かなり抑えており、あえて探さないと発見できないほどに微弱だったが。

さっきまで俺も向こうにいたわけだが、気付かなかったな。

大量の人間がいると、魔力が混ざって、意識しないと精密な確認は難しい。

「え、なんで向こうに……？　シャーロットも参加者なのですか⁉」

思わずそう尋ねる俺にフローラが頷く。

「そうらしいわね。なんか色々あったんだって」

フローラはどうやらすでに知っていたらしい。

「色々ってお前、省きすぎだろ……。なにがあったんだよ」

席に腰かけつつ尋ねると、フローラとメルヴィルが経緯を説明してくれた。

「……なるほど。聖樹国のエルフたちの頼みで。確かに、エルフの出場者も何人かいるみたいだ」

注意して確認してみると、シャーロット以外にも闘技場ステージには複数のエルフの魔力がある。ただし、それはシャーロットと比べるとかなり微弱に感じられるな。

以前はさほど気にしたことがなかったが、こうやって比べてみると辺獄のエルフと、それ以外のエルフとではかなり魔力の質が違うようだった。

とはいえ、それでも人族よりかなり多い魔力を持っていることが俺にはわかるが。

ただ不思議なことに、俺の言葉にメルヴィルが少し目を見開く。

「何人か、ですか？」

その疑問の意味がわからず、俺は首を傾げながら答える。

「え？　あぁ……正確には、四人ですかね。うちひとりは結構やりそうですが、他三人は、そこそこってところです。もちろん、他の出場者と比べると質は高そうですけど」

身のこなしも中々で、エルフにしては珍しく接近戦もいけそうというか、それが本職っぽい気配があるな。

「そうですか……ふむ、確かに。なにか隠匿系の魔道具を身につけているようですな」

「お粗末と言ったら悪いでしょうが、それもまた大した出来のものじゃなさそうですけどね。だから魔力が漏れてる」

もしもこれがテリタスが作った魔道具であったら、俺も見抜けなかった可能性がある。

テリタスは完全に魔力を遮断できるようなものを作ることができるからだ。

見抜く方法は、逆に完全すぎるためにおかしいとか、そういう違和感から推測するしかない。

「でもどうしてわざわざそんなものつけてるのかしら？　別にこの大会、エルフが出てるからって問題はないでしょ。アルトニアは人族至上主義とかそんなに強い国じゃないもの」

フローラが不思議そうに首を傾げる。

世界には人族至上主義を掲げる国もあり、そういうところだと異種族は自分の種族を隠さないと危険だが、アルトニアはそうではない。

だから理由が気になった。

「確かにそうだな。長老はなにか心当たりはありますか？」

これにメルヴィルはすぐに答える。

「十中八九、わしら周りに関係しているでしょうが……」

つまり、ハイエルフ目当てという話か。

確かに状況的にその可能性は高いように思える。

「それは……そうかもしれないですね。しかし、情報が漏れていたということでしょうか？」

もちろん、今回メルヴィルたちが会ったというエルフたちは知っていたのだろうが、基本的にそのことについては機密として扱っているだろう。

ハイエルフはすでに絶滅したもの、それが一般的な話だからだ。

もしハイエルフが存在していると世間に広まれば、かなりの問題になるのは言うまでもない。

メルヴィルたちを狙って様々な勢力が暗躍することになるだろうからだ。

ただ、そんなことは向こうも承知の上だっただろうし、大っぴらに話していたとは考えにくい。

この点についてメルヴィルは思案げな顔になる。

「どこまでかはわからないですが、ある程度は、ということはあり得るでしょうからな。今回来た人物はかなりの大物でしたから、そもそも聖樹国をお忍びで出て、この国に誰かに会いに来ている、というだけでも気になったという可能性はある。というか、それが一番ありそうです」

「あぁ、具体的にハイエルフの存在が広まっているわけではないと。それならあまり気にしすぎることもないでしょうか」

通常の情報を集めるために来た密偵、とかその程度という話か。

エルフは自国の外にはそれほどの関心を持たないと言われるが、かといって他国と無関係ではいられない。

自前の諜報《ちょうほう》機関くらいあるだろうし、そういった者たちは常に様々な情報を集めているだろう。自国の有力者周りの情報なんて、常に収集したいだろうしな。

その活動の一環として来ているだけだろうと。

メルヴィルは頷く。

「そうですな。ま、そもそもハイエルフのことはいずれ聖樹国のエルフたちに、はっきりと伝えることになる話ですし、どうしても隠し通そうともすでに思っておりません。深く考えることはないかもしれませんな」

「そうですか……」

どうやらメルヴィルたちはかなり腹をくくっているらしい。

でも考えてみればそうか。

そもそも、今までずっと辺獄の奥地で、エルフの存在すら隠して生きてきたのに、今では普通にエメル村と交流しているのだ。

存在そのものを隠すとか、そういう感覚はもはやないのだろう。

ただ、もしも大きな問題になるようなら……。

「なにかありましたら、俺たちに言ってください。解決のためにいくらでも力をお貸しします」

「ふ、ありがとうございます。もちろん、そのつもりです。おっと、それより始まりそうですぞ」

メルヴィルが闘技場ステージを見ながらそう言った。

確かに見れば、運営職員と思しき人間が入ってくる。

「そのようですね……それにしても、また随分と厳しいやり方を採用したものです」

「確かに」

俺の言葉にメルヴィルが微笑む。

これから闘技大会の予選第一試合が行われるわけだが、この予選のやり方は出場者からすれば、かなりきついものだった。

一般的な闘技大会だと大抵が素直にトーナメント形式となる。

それで問題ない程度の人数しか出場しないからだ。

けれど今回のように、数百人の出場者がいるような闘技大会だと、そうもいかない。

トーナメント形式などにすると、それこそ数百試合する必要があることになってしまうが、それだといったい何日かかるかわからない。

たとえば今回の場合は、今日と明日のたった二日間で予選は終わるから、トーナメントだとまず無理だ。

だからなんらかの方法で効率よく出場者を選別する必要が出てくる。

それが今回の場合は……。

「百人ほどを闘技場に一度に放り込んで、最後に立っていた者が本戦出場者って本当すごいわよね」

フローラがおもしろそうに言う。

そうなのだ。

その選別方法とは、全出場者八百人を百人ずつのブロックに分けて戦わせて、最後に残ったひとりを本戦出場者とするというものなのだ。

ちなみにシャーロットは第一試合に、そして俺は第四試合に出場する。

ただ、王都闘技場のステージはその気になれば千人ほどでも入ることができるほどに巨大だが、それはあくまでもただ整列するなら、というに過ぎない。

百人の人間がここで戦闘を繰り広げるとなると。どれほど熾烈《しれつ》なぶつかり合いが生じるかわかったものではない。

にもかかわらずそれをやるのだ。

まぁ、もっと小規模な闘技大会でも、十人程度で同じことをやることはある。

しかしさすがに百人でというのは滅多になかった。

「ですが、運がよければ勝ち残れるかもしれませんしな」

若干意地悪な口調でそう言ったメルヴィル。

確かにあり得ない話ではない。

百人のうちの九十九人が潰し合って、そこからうまく距離を取り、最後まで残って、疲労困《こん》憊《ぱい》の最後のひとりだけ倒せば。しかし、そんなことは実際不可能だ。だから……。

「本当にそう思われますか？」

そう尋ねた俺に、メルヴィルは笑って言った。

「まさか」

実際のところ、このやり方で生き残れるのは、まさに実力者だけだ。

仮に腕のない戦士が最後の最後まで逃げ回っても、残ったひとりにやられてしまうだろう。

最後まで戦い抜いて残ったような実力者なら、どれだけ疲れていても、そのような者を相手にすることになれば、少し息を整えるだけで負ける可能性はほとんどなくなるからだ。

ともあれ、それにしてもひどいのは、ここで負ければ予選一回戦で負けた、という評価に落ち着いてしまうことだろう。

一回戦もなにも、一回戦ですべて終わりなので評価が落ちないとも言えるかもしれないが……ここでの成績を騎士団などへの就職に役立てたいとか考えている者もいるだろうに、そういう意味でも厳しい話だ。

「シャーロットは勝ち残れるのか、楽しみだな……」

俺がそう呟いていると、運営職員が拡声魔道具を通じて言う。

『それでは開始する前に、念のため、ルール説明を。皆様には事前にバッジ型の魔道具を身につけていただいていますが、そちらはある程度のダメージを肩代わりして吸収するものです。それが壊れた場合、その時点で敗北ということになります。壊れた時間、所持者については事前に登録しておりますので、壊れても偽って戦い続けるようなことをしても成績は変わりませんので留意してください！』

観客たちはそれを聞いても、そんなものがあるのか、すごいな、程度の反応だ。

だが実際にはかなり高度な魔道具で、おそらくはテリタスが作ったものだろうということが俺にはわかる。

あまりにも機能が多すぎて、これだけのものを作ろうとしたら、一般的な魔道具職人では数が用意できないからだ。

他の場所で開かれている闘技大会でも似たような魔道具が使われることはあるが、その場合は一対一の時だけに使用が限られているようなものが普通だ。

観客たちの中でもそれなりの地位にいると思しき者や、商人などが職員の説明を聞いて驚いていることからも、それがわかる。

ただ出場者は全員、俺も含めてすでに聞いていることなので特に驚きはなく、みんな、武器を抜いて構える。

異論がなにもないことを確認し、職員は頷いて叫ぶ。

『よろしいでしょう。それでは……試合、開始‼』

それと同時に、職員はステージから離れていった。

ステージの内と外を隔てる結界は張られているが、もしもの時、近くにいると危険だからだ。

加えて、この試合は審判がほぼ必要ないから職員が近くにいなくてもいいのだ。

試合が始まって、数十秒と経たないうちに、次々と戦士や魔術師たちが倒れていく。

リタとキエザはそれを見ながら歓声をあげていた。

楽しんでいるようでなによりだ。

「しかし、五分も持たずに倒れてしまうのは少し情けなく感じてしまいますのう」

メルヴィルがそう嘆くが、俺から見るとそうでもない。

「そのくらいの腕で勇気を出して出場しただけでも、見上げたものだと俺は思いますよ」

メルヴィルの若い者を情けないと思う気持ちも理解はできる。

ただ、考えてみる。

果たして、かつてただの村人に過ぎなかった俺が、たとえもしかしたらちょっと戦えるかもしれないと思うくらいに修行していたとしても、こんな大規模な闘技大会に出場する気になれただろうかと。

いや、無理だろう。

俺なんかじゃ話にならない、勝てるはずがない、恥をさらすだけだと、そう思って諦めたと思う。

けれど、今次々に倒れていっている参加者たちはそうではないのだ。

どういう成績にしろ、闘技大会に出場するという決断をし、そして臆病風に吹かれることなくしっかりと、この場に来たのだから。

事実、こういった闘技大会は大抵その勇気すら持てず、出場登録はしたけれども、ギリギリになって欠席、という人も二、三割は出る。

「なるほど、確かにその通りですな……彼らを侮ったことを反省しましょう。どうにも、年を取ると若い頃のことを忘れてしまいます」

メルヴィルが胸に手を当てて呟く。

「長老の場合は年というより、育ってきた環境があるからではと思いますが……」

「確かに辺獄は過酷ですからのう。戦う根性がなければ生きていけないので、それが当たり前のものと考えがちかもしれませぬ」

そういう事情もある。

だからどっちが正しいという話でもないのだった。

ともあれ、少なくとも辺獄のエルフたちはひとりたりともそういった勇気を持たない者はいなかった。この辺り、聖樹国のエルフはどうなんだろうな。

そう思って、今日出場しているらしい彼らの方を見ると、次々と周囲の人間を倒していた。

それを見たフローラが感心したように言う。

「意外ね。エルフにしては体術に長けているわ。魔術や精霊術頼りじゃない……」

大抵のエルフは魔術や精霊術を基本にして戦う。

使う武器も弓が多い。遠距離型が多いのだ。

それは適性の問題で、恥じることではない。

しかし、今ステージで戦っているエルフたちはむしろ接近戦を好んでしていて、魔術は軽めの身体強化系くらいしか使っていないようだった。

「あれはどういう意図なんでしょうか」

俺がメルヴィルに尋ねると、彼は言う。

「おそらく様子見か、節約か……そんなところでしょう。しかし、最後まであれだけでは難しいでしょうな。なにせシャーロットがおりますから」

＊＊＊＊＊

私、辺獄の森の奥に存在するエルフの集落、ヴェーダフォンスのシャーロットは、闘技場ステージの端っこで、試合開始の合図を待った。

手持ち無沙汰な時間、私は今までのことを考える。

少し前までは人族と関わるどころか、森を出ることすらまずないだろうと思っていたのに、まさか闘技大会に堂々と出場することになるとは想像もしていなかった。

けれど今回、聖樹国のエルフのふたりから闘技大会への出場を頼まれてしまって、今私はこんなところにいる。

曰《いわ》く、ハイエルフの力を見せてほしい、と。

今まで辺獄の森の奥深くで存在を隠してきたのに、そんなことをしていいのか、と思った私は反射的に断ろうとしたのだが、お祖父様はそんな私に出場するように言った。

どうしてと尋ねると、ちょうどいい機会だろう、とおっしゃって。

確かに、聖樹国のエルフたちに、私たちが正しくハイエルフであることを証明するためにはちょうどいい機会なのかもしれない。

だけどそれならお祖父様が出てもいいのでは、とも言ったのだが、こういう時だけ主張するのだ。わしはもう年じゃ、と。

実際にはあれで辺獄のエルフの誰も敵わない精霊術と魔術の使い手であるというのに、なにを言うのかという感じだが、頑固な人だ。

どうしようもない。

どれくらい頑固かと言えば、世界樹を黒竜が蝕んでいた時、本当にどうにもならなくなった時には自分が禁呪を使って世界樹と共に自爆するという程度には頑固だ。

そんな方法があるのなら自分がやる、と他の同胞たちはこぞって言ったが、威力が足りないというのと、黒竜は結局空に逃げてしまうので、やるとなれば世界樹もろともやるしかなく、まさしく自爆でしかないから最後の手段なのだとお祖父様は言っていた。

もし本当にお祖父様がそれをやっていたら、その後の辺獄のエルフはどうしたのだろうかと思うが、どうにもあの人は外部ともそれなりに連絡を持っていたことが今回よくわかったので、最悪、聖樹国に受け入れてもらうくらいのことは考えていたのだろうと今なら思う。

ともかく、そういう性格の祖父によって、私は闘技大会に出場することになってしまったわけだが、力を見せろと言われてもどのくらいのことをすればいいのか、いまいちわからない。

なんだかんだ、私は辺獄から出ることなく、ずっとそこで暮らしてきたいわゆる田舎者であって、世間一般の常識というのが抜け落ちているからだ。

クレイさんを見るに、森の外にも相当な実力者がいるらしいということがわかった今、ハイエルフだからといって闘技大会にも十分に勝ち抜ける自信は正直ない。

今回の大会にはどうもクレイさんも出場するようだし、優勝などはまず無理だろう。

とはいえ、最低でも予選くらいは勝ち残りたいものだが……。

そんなことを考えていると、ついに運営職員が試合開始を告げた。

即座に周囲の戦士や魔術師たちが私に殺到してくる。

ローブを目深に被って、エルフ特有の長耳が見えないように隠匿魔術もかけている私だが、さすがに性別は偽っていない。

偽れないこともないのだが、あまりたくさんの効果をのせた隠匿魔術を自分にかけていると、試合にちゃんと取り組めない可能性があるからだ。

耳だけ偽るくらいなら、さほどの負担もないので問題ないだろう。

もちろん、それくらいの負担すらも惜しいほどに激戦になった場合には躊躇《ちゅうちょ》なく解くつもりではあるけれど。

ただ、とりあえず今のところは問題なさそうだ。

「うおらぁぁあ‼」

まずそんな風に叫びながら飛びかかってくる剣士の一撃を、私も剣でもっていなす。

「なっ」

私の武器は辺獄のエルフが鍛えた細剣であり、その頑丈さは辺獄の魔物たちの攻撃を受けても折れず曲がらないほどだ。

クレイさんが鑑定してくれてわかったことは、辺獄の魔鋼を素材として、辺獄の濃密な魔力の満ちた環境で鍛えられたために、ほとんど魔剣化しているのだという。

そのために、一般的な剣では相手にならないほどの頑丈さと、そして切れ味を誇る。

「がっ……くそ……」

実際、攻撃してきた剣士の腹部を軽く撫《な》でるように切りつけると、それだけで彼の首元に取りつけられていたダメージ判定用の魔道具が壊れる。

私としては本当に軽くやったつもりだったのだが……。

「炎矢《フレイムアロー》‼」

さらに魔術師が私を狙って炎を放ってきたので、精霊に頼み散らしてもらう。

辺獄に比べるとさすがにこの辺りは精霊の数が少ないものの、練りの甘い魔術の魔力を精霊の干渉によって散らすくらいのことなら比較的余裕を持ってできる。

「はっ……？　え……な、なぜ、フ、フレイム……」

ただし、魔術師の方はなぜ自分の魔術がかき消されてしまったのか理解できないようで、慌てて次の魔術を詠唱していた。

「あがっ……」

けれどその速度は遅く、そして私の細剣が届く方が早かった。

「あぁ、俺のバッジが……」

彼のバッジは壊れ、そのままがっくりと項垂れてステージ外へと去っていく。

事前に、バッジが壊れたら邪魔にならないようにステージ外へ出るように言われていたのだ。

ステージ内と外を分ける結界が張られており、これは内側から放たれた魔術が観客席などに届かないようにしているものであるから、内側から人が外に出られないのではないか、と思うかもしれない。

しかし、実際には出られる。

その理由は、まさにみんながつけるように言われているバッジにあり、これが破壊された者を判別して通過させられるようになっているらしかった。

エルフでも作ることのできない極めて高度な魔道具だが、いったい誰が作っているのか。

気になるところである。

意外な話だが、そんなことを考えていられるほど、私にとってこの予選は余裕があるものだった。

最初のうちは出場者の数と比べると動ける範囲が狭く、少しばかり戦いにくかったが、だいたい半分くらいの数になると随分と楽になった。

「ただ、残ってる人はみんなそこそこ実力ありそうですね……」

そうなのだ。

周囲を見るに、かなり膠着《こうちゃく》状態になっている者がいる。

実力が拮抗《きっこう》している上に、無闇に飛びかからないだけの賢さを持っている戦士や魔術師だけが残っているようだった。

ただそれでも、いずれ決着はつくものだ。

ひとり、またひとりと減っていき……そして残ったのは、私を含めて五人。

しかも全員が……。

「エルフですか」

これは意外なことだった。

向こうもまた、私と同様にエルフとバレないように気を使っているようだ。

ただ私の場合は魔術でそれをやっているが、向こうは魔道具を使っている。

個々人に合わせて調整されたものではないようで、それがゆえに私には向こうがエルフであることがわかる。

さらに彼らはどうやら全員がグルというか、仲間のようだ。

別に知り合いと一緒に闘技大会に参加してはいけないと決まっているわけではないし、勝ち残ったら自分の知り合い以外をまず潰すというのは戦略としてアリであるから、グルというのはちょっと違うだろうか。

「困りましたね」

私がそう呟くと、四人のうち、一番手練れらしい男が、

「では降参されますか？」

と言ってくる。

攻撃的な声ではなく、本当にただの提案をしているだけのようだ。

私はそれに対し首を横に振る。

「いいえ。相手にとって不足なしです」

「ふっ。そうですか。少しだけ見ていましたが、貴女はこの試合の中では一番の腕のようだ」

「貴方たちを除いて？」

「それはこれからわかることでしょう……参ります！」

そして四人が一緒になって向かってくる。

ひとりずつでないのは、逃げ場をなくすためであることは明らかだった。

連携も巧みで、私が少し視線をずらしたり、重心を変えるとすぐにそちらを塞ぐように動く。

さらに、先ほどまでは大した魔術を使っていなかったが、今はきっちり強力な身体強化を使っているようで、速度が違った。

「これは、駄目そうですね」

「諦めましたか？　では終わらせましょう！」

そして同時に、それぞれ前後左右から同時に予備動作なく突き込んでくる四人。

しかし私は、

「……風王の守り《シルフィード・プロテクション》」

精霊術を使うことによって弾く。

「なっ⁉」

その上で四人のうち最もバランスを崩した人物に細剣を突き込み、バッジを破壊するだけのダメージを与えた。

そこからは比較的早かった。

三人になってもその連携に乱れはなかったが、やはり四人が最も慣れていたのだろう。

わずかな隙を突いて、ひとりずつ減らしていく。

そして……。

「貴方が最後のひとりみたいですね」

まだ諦めずに構える、四人の中で一番の腕と思しき人物に私がそう告げると、彼は笑って言う。

「そのようです。しかし、貴女に負けるのであれば悪くはなさそうだ……種族の誇りを汚さずに済む」

「わかりますか？」

「先ほどの術は魔術ではなく精霊術でしたから。魔力の集約がなく、感じ取れませんでした……」

「なるほど。では、終わりです」

細剣を振るい、切りつける。

それで彼のバッジは壊れ、試合は決着したのだった。

＊＊＊＊＊

「……勝ったみたいですね。シャーロットは」

決着を見て、俺がそう呟く。

「そのようですな。祖父としても鼻が高い」

メルヴィルは本当に嬉しそうだ。

「なんだ、ちょっと囲まれた時は心配したけど、結局余裕だったじゃない」

フローラがそう評するが……。

「どうかな」

と俺が言うと首を傾げた。

「どういうこと？」

「最後にかかっていった四人も、本気ではなかっただろうってことだよ」

「うーん、まぁまだまだ魔力は余っていたようだしね。でもそれはシャーロットも同じでしょ？　今回の試合形式だと、出せる力にも限界があるもの」

それは確かにその通りで、シャーロットが本気で魔術や精霊術を使い出したら、一撃で周囲の出場者が吹き飛んでいた可能性がある。

ハイエルフの魔力、精霊力というのはそれほどにすごいものだ。

また相手の方も似たような状況ではあっただろう。

見るに、それなりの実力を持ったエルフたちで、さらにひとりは相当な腕前だった。

同じく魔術や精霊術を存分に使えばもっと違った結果になったはず。

ただ今回の試合形式ではどうにもならなかった、というだけだ。

「それでもそれが今回の実力だったってことだからな」

「まぁそれはそうね」

そんな話をしていると、拡声魔道具から声が聞こえてくる。

『第二試合に出場される方はお集まりください。第二試合に出場される方はお集まりくださ
い……』

それを聞いたフローラが俺に尋ねる。

「あんた、大丈夫なの？」

「俺は第四試合だからな。まだ時間がある」

「それならいいけど……。ちゃんと逃げないで戦うのよ」

「おいおい、俺は魔王からすらも逃げなかったんだぞ」

仲間たち全員が気絶しても逃走することはなかった。

俺のささやかな自慢であるので胸を張ったが、フローラは呆れた顔で言う。

「魔王から逃げなくても、闘技大会はほっぽりだしそうなところがあるから不安なんじゃない」

この辺り、フローラは俺のことをよくわかっていると思う。

「……あー、まぁ、多分、大丈夫だって」

「ほらね」

そんな馬鹿みたいな話をしながら、第二試合、第三試合も観戦した俺たちだった。

＊＊＊＊

「それで、第四試合、と」

俺は今、闘技場ステージにいる。

シャーロットの試合と同じように、百人ほどが一緒にステージ上にいて、みんな武具を構えて牽制《けんせい》し合っている。

『……もうルールについては今さら説明するまでもありませんね？　それでは……試合開始！』

第二試合までは丁寧に説明していた運営職員も、三試合目からは端折りはじめた。

まぁ何回も聞いても仕方のないことだし、納得である。

予選について、どう戦うか考えていたが、俺はシャーロットを見て目立たないで頑張ることにした。

シャーロットはどうしても女性であるからと嘗《な》められやすく、そのために初めからかなり狙われていたが、俺の場合は違う。

ガタイがいい方だとは言えないが、戦士としてまぁ普通くらいに見える体型だし、武具も数打ちとは言え、腕のある鍛治師が打ったものであるためにそこそこ見栄えがする。

仮面が少しばかり異様な雰囲気を醸し出しているかもしれないが、その程度だ。

つまり、普通に手加減して戦っていれば大量の人にいきなり向かってこられることはない。

同じくらいの実力だな、と勘違いした者が挑んでくるが、それもまたちょうどよかった。

そこそこ苦戦しているように見せながら時間を稼いで、数が減るのを待てるからだ。

客観的に見たらだいぶ卑怯《ひきょう》に見えるかもしれないが、普通に観戦している観客たちからはそんなことはわからない。

わかるとすれば……。

そう思ってフローラたちの座っている方を見ると、リタとキエザは普通に応援してくれているが、メルヴィルはなにか苦笑しているような視線を俺に向けていた。

そしてフローラは、なにか口をパクパクしている。

読心術でもって読み取ると……。

『ま・じ・め・に・や・り・な・さ・い・！』

……いや、真面目にやっていないわけではないのだ。

あくまで戦略的な取り組み方であって、楽をしたいとか、面倒くさいからとか、そんなことは決してないのだ。

「うわっ！」

それで少し気が逸れて、力加減を誤って強めに打ち込んでしまい、相手にまともに斬撃が入ってしまう。

それでバッジが壊れ、がっくりと退場していった。

その様子を見た近くの魔術師が、氷の槍《やり》を打ち込んでくる。

「氷　槍《アイシクル・ジャベリン》‼」

「おっと」

避けると他の参加者に命中してしまうな、と反射的に思った俺は、その氷の槍を弾いた。

これもまた、ついやってしまったことだった。

そもそも、他の参加者に命中したってそれはそれでいいのだから。

けれど魔王討伐の旅の中で、ずっと多くの人を守ってきたことから来る反射で、そんな行動に出てしまった。

結果どうなったかといえば、シャーロットと同じ状況に陥った。

そこからはひたすらにたくさんの出場者に群がられ、仕方なく可能な限り少ない手数で潰していく羽目に……。

失敗した、と心底思う。

「あー、疲れた……で、君はどうする?」

最後のふたりになった、目の前の相手に俺は尋ねる。

見るに、実力者というより運でたまたま勝ち残ってしまったタイプらしい。

かなり若く、キエザくらいかな。

それでも、彼は俺に向かって剣を振りかぶり、かかってきた。

ただ、あまりにも経験が違いすぎる。

なんだか申し訳ないような気がしたが、それでもここで手加減するのも違うし、腹部を切りつけると、それで彼のバッジは壊れたのだった。

＊＊＊＊＊

その日の夜。王都の酒場にて。

「ふたりの予選勝利を祝って! おめでとう!」

フローラのその声に続いて、全員がおめでとうと言った。

「嬉しいけどまだ予選に勝っただけだしな。それに俺はシャーロットと違って比較的楽なグループだったし」

　俺がそう言うと、フローラが頷いて文句を言う。

「そうよ。それなのにのらりくらりと適当に戦って……。最初から本気出して全員一分で叩き潰してやればよかったじゃないの！　それを」

「無茶を言うなって……それやったら変に目をつけられるだろ。そもそもそれを言うならシャーロットだって全然本気は出してなかったじゃないか。なぁ？」

　俺はシャーロットに水を向ける。

　すると彼女は苦笑して答えた。

「私の場合、本気を出すと範囲攻撃になってしまいますから、必然的にあれくらいの戦い方になるだけで……本戦はちゃんとやりますよ。一対一ならそれなりの広さがありますし」

「ふむ、シャーロットもやる気が出てきたようでよかったのう」

　メルヴィルが頷きながらそう言った。

「そうなのか？」

　俺が尋ねるとシャーロットは微妙な表情だ。

「うーん？　やる気がないわけじゃないんですけど、どこまでやっていいのか迷っているというか。あまりやりすぎると、辺獄のエルフに危機が及ばないかと心配で」

確かにその危険はある。

まぁシャーロットが仮に優勝したとしても、エルフが辺獄にも住んでいるという情報は今のところエメル村の住人しか知らないから当面は問題ないだろうが。

けれど別にもはや辺獄のエルフたちは自らの存在を隠したりはしていない。

そのため、いずれ多くの者が知るようになっていくだろうし、その時に、シャーロットが辺獄のエルフだとバレる可能性はある。

だが……。

「気にしすぎても仕方があるまいて。もしなにかあれば、それこそ追い返してやればいいんじゃ」

メルヴィルの方は意外に楽観的だった。

「それでいいんですか？」

思わず俺が尋ねると、メルヴィルは頷く。

「うむ。またあの黒竜のようなのが来るならともかく、この国の騎士程度ならばなんとでもなりますからのう。クレイ殿やフローラ殿のような存在がいない限り」

「それは……」

この話しぶりからして、メルヴィルは俺とフローラがなんなのかもうはっきりわかっているのだろうが、明言はしない。

それにしても、確かに辺獄のエルフをどうにかしようと思っても、普通の騎士くらいではどうにもならないだろう。

まずそもそも辺獄は王都から遠い。

あそこまで行くことだけでも結構大変であるのに、辺獄それ自体がまさに地獄のような場所なのだ。あそこを踏破できるような戦力がこの国にあるというのなら、魔王討伐のためにも使えばよかったという話になる。

しかし、実際にそれをしたのは俺たちなのだから、まぁそういうことだろう。

それに、ユークの父であるゼルドは愚かな王ではない。

仮にどこかからハイエルフが辺獄にいると聞いても、おかしな行動は起こさないだろう。

交流を持ちたいというくらいは思うかもしれないし、使者くらいは出すだろうが、その程度だと思われる。

「でも、兄貴があんなに強いなんて思わなかったぜ」

キエザが感心したようにそう言った。

その言葉にリタも同意するように頷く。

「私も驚きました。もちろん、強いのはわかっていたんですけど、あんな百人もの人たちと戦わされたのに最後のひとりに残ってしまうほどだなんて」

このふたりには俺が魔王を倒したという話はしていないのでそういう感覚になるのも当然

だった。

いずれは言った方がいいのだろうなとは思うのだが、あえて話す必要もないだろうし。

「まぁ、これでそこそこ頑張ったからさ。それより問題はここから先だな。本戦でどこまで行けるか」

「もちろん、優勝でしょ？」

フローラがそう俺に笑いかける。

お前、正体隠すつもりはあるのか、という感じだが……いや、俺の話であって、フローラの話ではないから構わないという判断か。

そもそも仮に俺が勇者パーティーの一員だったということがバレても、フローラが聖女フローラだとすぐに確定するかと言われると微妙な話ではあるからな。

フローラはともかく、俺自身については存在自体がさほど有名ではない。

王都にいても、勇者パーティーにひとり、荷物持ちがいたらしいよ、とその程度の話しか聞こえてこないほどだ。

名前に至ってはクレイのクの字も耳にしない。

そんな状況なら、これくらいのことを言ってもバレないだろうというのはわかる。

今の時点でほぼ看破しているメルヴィルが聡すぎるだけだ。

年の功というやつだな。

シャーロットは、その孫だから感じ取るものがある、とそんな感じだろうか。

「優勝ね……できたらいいな。ただ、本戦出場者がどういう顔ぶれになるかにもよるだろ。今日決まったのは、俺とシャーロット、それに重戦士っぽい大男と、南方出身らしい魔術師だったか」

予選は明日も行われる。

今日は四試合が行われて、四人の本戦出場者が決まった。

明日も同じ数選ばれることになる。

「そうだったわね。ただ、クレイとシャーロット以外のふたりは聞かない名前だったし、大したことないでしょ」

他の人間が言ったならともかく、フローラが言う、聞かない名前、というのは魔王討伐に当たって有力な戦士や魔術師たちの名前を数え切れないほど聞き、知り合ってきたという前提を考えると意味のある話だ。

つまりは、魔王軍と戦えるような実力がなかったか、少なくともそれに積極的ではなかった可能性が高いということになるからだ。

別に強く生まれついたからには魔王軍と戦う義務を皆が負っているとは思わないけれども、手っ取り早く強くなるためにはやはり実戦が重要で、魔王軍と戦おうとするものだ。

そして実力者たちの大半はその過程である程度の名声を得ている。

今日、予選を勝ち抜いた俺たち以外のふたりは、そういうリストにはいなかったということで……。

そんなことを考えていると……。

「おい、そこの姉ちゃん。どうも聞き捨てならねぇな」

と、後ろから声がかかった。

見ればそこにはひとりの巨漢が立っていて、フローラを見下ろしている。

リタとキエザはそれを見て怯えるように身体を縮こまらせるが、それ以外の面々は特に変わりなく、ちらりと視線を向けただけだ。

もちろん、フローラもである。

このくらいの男に怯えていては魔王討伐の旅なんてできるはずがないから当然だ。

フローラはその男の言葉に首を傾げる。

「なにがかしら？」

「あんたが、俺のことを大したことねぇって言ったことだよ！　聞いてたぞ！」

「貴方のことを、私が……？　あぁ！　もしかして、あの重鎧の中身の人⁉」

最初は本当に心当たりがなくて首をひたすら捻っていたフローラだが、自分の言動を思い出し、そこから思い当たったようだ。

フローラの推測はどうやら正解のようで、男は唸《うな》るように言う。

「おう、そうだよ。俺こそが今日の予選第三試合の勝者、マズル騎士国の重騎士ブラガだ！」

「マズルの出身の人だったの……。なるほどね。確かにあの国の人はみんな、身体が大きいし、重騎士団がエリートだったのを覚えてるわ」

マズル騎士国は、魔王討伐の旅で普通に通ったな。

質実剛健を形にしたような国で、騎士たちは皆、高潔だった。

いざとなれば魔物や魔族から民を守るために自分の命を投げ打つことすらもためらわないような、そんな精神を体現していた。

重騎士団の人たちとも少し顔合わせはしたが、もちろん、全員を知っているというわけではなく、この男の顔に見覚えはない。

そもそも、第四騎士団くらいまであったはずで、俺たちが会ったのはその時、王都にいた第一騎士団の主要なメンバーだけだったから仕方がないが。

もし会っていたら困ったことになるだろうし、むしろありがたい話ではある。

聖女と荷物持ちの顔を覚えていて、あっ、となる可能性があるからだ。

その辺、もっと気を使えとフローラに言いたいが、今のフローラの様子を見て、聖女フローラだと一発で見抜ける人間は少数だろうし、これくらい構わないのかもしれないけれど。

男――ブラガはフローラの言葉に意外そうに目を見開く。

「お、姉ちゃん、マズル重騎士団を知ってんのか？」

その言葉は意外にも特に喧嘩腰《けんかごし》ではなく、ただの質問だった。

フローラも答える。

「ええ。あの国には少しだけど滞在したことがあるから……。第一騎士団長のルドアス様はお元気？」

ルドアスは、マズル第一重騎士団の騎士団長であり、かなりの実力者だ。

俺たちがマズルを訪ねた当時、ユークと手合わせをして、結構いいところまでやり合えていたのを覚えている。

結局、最後まで立っていたのはユークだったが。

「えっ、ルドアス様の知り合いなのか⁉」

そこで、話の向かう先が変わったのを感じた。

最初のうちはこのまま一触即発か、と思っていたが、徐々に男の険が取れていく。

フローラはさらに駄目押しにと続けた。

「少しだけ。だからマズルの重騎士で一番強い人は誰かって言えば、私の中ではルドアス様だったから……ごめんなさい。お酒が入っていたとはいえ、よくない言い方をしてしまったわ」

本当に申し訳なさそうに頭を下げるフローラにさすがに男の方もこれ以上は、と思ったらしい。

首を横に振って言う。

「いや……そうかそうか！　それなら、俺くらいの奴を見ても大したことないって言うのは仕方ねぇよ。俺だってルドアス様と比べられて俺はすげぇなんてとても言えねぇしよ」

「いいえ、こうして近くで見ると貴方も中々だと思うわ。そもそも百人相手に勝ってるんだし」

実際、悪くない実力を感じる。

戦って勝てるかと言われたらもちろん、負けはしないが、マズルでも上から数えた方が早い実力者だろうな。

男もそれなりの自負はあるようだ。

「まぁな。だがそっちのふたりもだろ。しかも俺なんかよりだいぶ綺麗な勝ち方してたの見てたぜ……話しかけたのも、それもあってのことよ」

そもそも、男も最初からそこまで怒っていなかったのかもしれない。

俺とシャーロットの顔を見つけて、話そうとしたというのが目的らしかった。

俺は今、仮面を被っていないが、正体バレを防ぐため顔が認識できないように魔術を使っている。それでもわかったのは、やはり目立つシャーロットの存在があるからだろう。それにある程度の実力者なら、身のこなしだけ見れば同一人物だとわかることもある。

「俺たちか？」

俺がそう言うと、男は言う。

「あぁ。本戦で当たるかもしれないからな。どんな人かっていうの確認しておきたかったのと、ついでに力比べでもしておこうかと思ったんだが……やめておいた方がいいか」

最初の喧嘩腰の感じは、これが目的だったからか、と俺はそれで察する。

別に本気で腹を立てたわけでもなんでもなかったが、ちょうどいい言い訳が転がってきたからそれにかこつけて力比べをしたかったと。

こういう時の力比べといったら色々なやり方があるが、なんにせよ盤外戦術みたいなものだな、これは。

本戦で戦う前に、自分の得意分野で上下を決めておけば有利になるかもという話だ。

見かけの割にクレバーというか、作戦を練るタイプなのだろう。

ただ、わざわざ俺がそれに乗ってやらなければならない義理もないが……いや、これは乗らないと駄目そうだな。

さっきまでならすぐに断れば大丈夫だっただろうが、フローラと男が話しはじめて酒場中の人間が注目してしまった。

そして男が力比べを提案した辺りで、なんだかおもしろそうなことが起こるぞという空気感になりはじめた。

ここで理由なく断ってしまうと、ブーイングが飛ぶだろう。

本戦に障るから、という理由をつけられなくもないが、本戦は明後日で、明日は身体を休められるからいい理由にはならない。

「仕方ないな。普段だったらやらないんだが……今日は特別だ。やるか」

上着を脱いで、俺がそう言うと、ブラガはにやりと笑う。

「ははっ、兄ちゃん、中々勇気があるじゃやねぇか」

そしてどこからともなく空いてるテーブルを客が持ってきて、酒場の中心に据えた。

観客が周囲で見物できるように他のテーブルも位置を下げられて……なんだかこういう時、こういう店の客たちは異様に息が合ってるんだよな、どんな国でも。

まぁ、みんな娯楽には飢えてるだろうし、おもしろそうなことがあるなら首を突っ込みたくなる感覚はわかる。

ただ今、王都では闘技大会が真っ当に開かれているだろうに、それにかこつけた喧嘩にまで群がってこなくても……。

そう思ってしまうが、ここまで来たらさすがにもう断ることはできない。

そしてテーブルが運ばれてきたということは、力比べの内容も決まっている。

「腕相撲でいいよな？」

男がそう言った。

俺は頷いて答える。

「あぁ。審判は……まぁほぼ火付け役なんだ、フローラ、頼む」

フローラはこんな風になることをほぼ予想して立ち回っていたはずで、それくらいのことをやらせてもいいだろう。

魔王討伐の旅をしている中でも、こういうことは割とあった。

非公式の場でのことだから、その場合は俺も普通に参加したな。

公式の大会はどうしても記録が残って目立ってしまうから、ユークを一番に立てるべきだと考えて参加できなかったので、いい気晴らしになっていたのを覚えている。

「じゃあ、行くわよ！」

フローラが嬉々《きき》としてそう言い、審判を引き受ける。

俺とブラガはテーブルに肘を突き、それからお互いの手を握った。

ブラガの手がギリギリと強く握り込まれたので、俺もだいたい同じくらいの力で握り返す。

概ね、腕相撲というのはこの時点で相手がどれほど強いかなんとなくわかるものだ。

男の顔色が変わった。

「それじゃあふたりとも構えて……始めっ！」

フローラの声と共にお互い力を入れる。

ブラガは一瞬で終わらせるつもりだったようで、瞬間的に強い力が加わる。

けれど……。

「なっ、ば、馬鹿な……‼」

俺の腕はまったく動かない。

「どうした？　力自慢なんだろ」

「お前……まさか身体強化をして……いや、魔力は動いてない……マジかよ、その身体でか……」

こういった力比べをする場合には、一般的に身体強化系の魔術は使わないのがルールだ。

もしも使いたいなら最初に確認する。確認がない場合はなしが原則だ。

だからこそ余計にブラガは余裕があったのだろう。

俺とブラガとでは明らかに身体の大きさが違うから。

だが、魔王討伐の旅で極限まで鍛え上げられた俺の筋肉は、絞り込まれているだけで男のそれよりも弱いわけではない。

「そろそろいいか？」

「くっ、くそっ……ぬがががが……‼」

徐々に入れる力を強めていき、男の方へと組んだ腕が傾いていく。

そして、ぺたん、と男の手の甲がテーブルへとついたのだった。

「マジかよ……！」

ブラガは目を見開いてそう呟いたが、これで負けを認めないタイプではなかった。

「俺の勝ちでいいな？」

「あぁ、もちろんだ。本戦じゃ、あんたとは当たりたくねぇな……」

「決勝まで行けば必ず当たるだろうからな。途中で負けるしかないんじゃないか？」

「おい！　いや、負けるつもりで戦う奴はいねぇか。当たった時は全力を出すぜ」

「俺もそうする」

それからは打ち解けて、一緒に酒を飲んだ。

さらに、酒場の客たちが続けて腕相撲をして賭けをしはじめたので、全員で酒を飲んでいるみたいな感じになってしまった。途中でフローラも参加しはじめ、男たちを次から次に下しはじめたので、賭けは無茶苦茶になっていた。

俺はすべての試合でフローラに賭けさせてもらったので、そこそこ懐が温かくなったが。

＊＊＊＊＊

その日、王都に存在するギーグ・コンラッド公爵邸に集められたのは、俺以外にふたりいた。

俺、つまりはＳ級冒険者のシモン・バジャック以外だ。

「よく集まってくれた。シモン、ラルド、それにベルナルド」

俺たち三人に向かってそう言ったのは、もちろん、この屋敷の主であるコンラッド公爵だ。

また、彼の後ろには彼の息子であるエルトがいる。

コンラッド公爵は見るからに貴族然とした男であり、長年、この国の宰相として君臨してきただけあって、堂々とした風采をしている。

けれど、彼の息子であり、いずれ彼の後を継ぐことになるはずのエルトは反対に俺たちを前におどおどとした様子だった。

今日呼ばれた俺たちは三人ともS級冒険者であり、持っている武力のゆえに大抵の人間から恐れられる存在であるのは確かだ。

ただ、高位貴族であるエルトがそのような態度なのは少し問題かもしれないと思った。

まぁ、俺には別に関係のない話かもしれないがな。

「別に構わねぇよ。いい稼ぎになるんだからな。相手も、勇者ユークなんだ。不足はねぇ」

獰猛《どうもう》な笑みを浮かべてコンラッド公爵にそう言ったのは、ラルドだった。

彼はまるで獅子《しし》の鬣《たてがみ》のような髪に鋭い目つきをした見るからに力を信奉しているS級冒険者だ。

そのふたつ名は《破壊のラルド》であり、使う得物はその体格に見合った大剣である。

それによっていかなる存在も……人も魔物も建造物も関係なく、破壊し尽くすことで恐れられており、数少ないS級冒険者の中でも上から数えた方が早い腕前の持ち主だと言われる。

「ラルドよ。そう言ってもらえるとありがたい。しかし、疑うわけではないが、本当に大丈夫なのだろうな？」

コンラッド公爵は少し不安げな表情になって尋ねる。

「なんだよ、まさか心配しているのか。俺たちが勇者に負けるんじゃないかって?」

「いや……」

俺たちがここに集められた理由。

それは魔王を討伐したと言われる勇者、ユークを大勢の観衆の前で下すためだ。

コンラッド公爵はそれをするために様々な根回しをし、結果としてユークを引きずり出すことに成功したという。

そもそも普通なら、どれだけの存在を集めようと、魔王を討伐した勇者を倒せるなどとは考えられない。

けれどコンラッド公爵は、そのユークの主張する戦果そのものを疑っているらしいのだ。

曰く、ユークは魔王など討伐しておらず、陛下の前で披露した魔王の首はあくまでもそこそこ強い……たとえば、四天王と言われる魔人程度のそれであって、ごまかして持ってきたに過ぎないのだと。

なぜなら、魔王は人間ひとりが戦えるような存在ではなく、それをたとえ、聖女や賢者の助力があったからといって、倒せるわけがないからだと。

なるほど、筋は通っているように思う。

そしてだからこそ、ラルドは言う。

「コンラッド公爵。一応確認しておくが、俺たちは全員、S級冒険者だ。それも、特別に対人戦に長けた……いわゆるプロフェッショナル。《破壊のラルド》、《影のベルナルド》、そして《頑健のシモン》。この三人が揃って勝てない人間など、まずいないと言っていい。だからこそ俺たちを集めたんだろ？」

「それはそうなのだが……」

「必ず勇者ユークの実力を暴いてやるさ。そうすればあんたが失脚することもない。そしてその時は、せいぜい俺たちに甘い汁でも吸わせてくれ。なぁ？」

「うむ……」

ラルドにしろ、ベルナルドにしろ、そういう目的があるとは聞いていた。

俺？　俺にはあまりそういうつもりはなかった。

ただ知りたかった。勇者ユークの実力を。

実際に拳を交えれば、それがきっとわかるはずだからだ。

「あ、私はあくまでお金をもらえればそれで構いませんので」

そう言ったのは、ベルナルドだ。

ベルナルド・バストロ。

S級冒険者にしてはスマートな身体を、黒一色の服で包んでいる。

そんな彼は《影のベルナルド》と呼ばれ、主に諜報に長けたS級冒険者として知られている。

その最も得意とするところは暗殺だが、その武器が人間に向けられることは表向き、ないとされる。けれど実際のところは、コンラッド公爵のような高位貴族などとパイプを持ち、敵対する相手を静かに葬っているらしい。

そしてそんな彼が愛するのは金銭だ。

名誉などには興味がないらしく、あくまでも金が目的で仕事をする。

冒険者にしては珍しいが、S級冒険者というのはみんな、変わり者だ。

俺だって、彼のことをそういう意味ではどうこう言えやしない。

「金については言われるまでもなく弾むとも」

コンラッド公爵としてはいつも依頼しているからか、彼に対してはかなり気安い。

逆もそうらしく、ベルナルドは言う。

「信用していますよ……あぁ、ですが欲を言うなら闘技大会の方にも出場したかったですね。あちらは上位に入れば賞金が出ますし、それに加えて賢者テリタスが製作した魔道具も賞品としていただけるでしょう？」

「まぁな。だがそれくらいなら私が融通するが……」

「お金の方なら可能かもしれませんが、魔道具の方は今まで流通しているのを見たことがない、非常に貴重な隠匿系のものもありましたよ。それも可能ですか？」

これにコンラッド公爵は難しい顔になる。

「む……ううむ。それは厳しいかもしれんな。この国の貴族の大半は押さえているが、それでも賢者は残念ながら、私の言うことを聞かぬ」

「そうなのですか？」

「あぁ。というか、賢者に言うことを聞かせられる人間は、この国にはいないだろう。陛下ですら憚《はばか》るものがあるようだからな」

「噂《うわさ》には聞いていましたが、そこまでですか」

賢者テリタスの名前を知らぬ者はこの国にいないだろうが、その出自や年齢など、プライベートな部分を詳しく知っている者は意外にいない。

テリタス自身が語ろうとしないからだ。

それでもその存在の重要さが少しも損なわれないのは、魔術の腕や、魔道具職人としての技術力など、多岐にわたって才能を長年発揮し続けているからに他ならない。

「奴は今年でいくつになるのかわからんからな。聞くところによると、陛下の幼少期に家庭教師をしていたことすらあるらしい」

陛下は五十をいくつか超えている。

そんな彼の幼少期となると、四十年ほど前ということになるが、その頃からあの容姿で働いていたとすると……本当の年齢など、まるで予想がつかない。

「そういうことでしたら、仕方がないでしょうね……諦めることにしましょう」

コンラッド公爵の言葉にそう言ったベルナルドだったが、ここで公爵は思いついたように言う。

「いや、それならば出場したらどうだ？」

「え？」

「知っての通り今日は闘技大会予選二日目だったわけだが、最後の予選で自爆作戦をした魔術師がいてな。ほぼ全員が試合開始と同時に倒れたために勝者が確定できていないのだ。なので、本戦でひとり欠ける枠に誰を入れるかこれから話し合いがもたれるところだったのだが……S級冒険者をねじ込むのであれば、あまり文句は言われまい」

「構わないのでしょうか？　他の予選で二位になった者などから選ぶなどのやり方が順当に思えますが……」

ベルナルドの感想はもっともだ。

本来、予選から上がってきた者に本戦出場の権利が与えられるのに、シード権をもらったような状態で出場するのはずるい、となりそうである。

けれどコンラッド公爵は続ける。

「それだと七人の候補者がいることになるし、今から全員で戦って決めろというのも難しいところがあるからな。観客も多少、番狂わせがあった方が楽しいかもしれん」

「意外、と言っては申し訳ないのですが、興業のことをそれなりに考えていらっしゃるのですね？」

ベルナルドのこの言葉はかなり失礼に聞こえるが、コンラッド公爵は特に気にした様子もなく笑って答える。

「私はそれなりにあくどいこともするが、基本的にはこの国の利益を一番に考えている。国民が今回の大会を十分に楽しみ、日々の生活で溜まった不満を解消してくれるのならこれ以上のことはないだろう。そのために多少、私が悪く言われるくらいのことは許容範囲だな」

「では、お願いします。その代わり、公爵と国民の期待に応えた試合を披露できるよう、努力しましょう」

「あぁ、頼む。ただ、優勝するのはやめておいた方がいいかもしれないな」

「その辺のバランスはなんとなくわかりますね。せいぜい、三位入賞くらいにしておけと」

「そういうことだ」

「構いません。先ほど言った隠匿系魔道具が賞品なのは、三位でしたから」

「それは都合がいいな」

それからコンラッド公爵は俺の方を向いて言う。

「……君はどうだ、シモン。なにか要望などあればなんでも言ってくれ。可能な限り叶えよう」

実に気前のいいことだ、と思うが、ある意味当然とも言える。

コンラッド公爵がこうして俺たちに気を使うのは、実際のところ彼には後がないからだ。

貴族らしく、常に余裕があるように振る舞っている彼だが、勇者ユークの実績がもしも本当だと証明されてしまったら、彼の政治生命はそこで終わる。

なにせ、彼は勇者ユークが、勇者でもなんでもなかった頃に、彼を魔王討伐というほとんど不可能なことを目的とする旅路に半ば無理やり放り込んだのだから。

当時から第一王子の後援者であったコンラッド公爵は、ユークという存在がひたすらに邪魔だった。ユークは第二王子ではあるものの、第一王子のアルトンよりすべてにおいて優秀だったからだ。

年もそれほど離れておらず、どちらが国王の座についたとしても問題がなかった。

順当に行けば長男である、アルトンということになるが、この国における玉座や貴族の後継者というのは、できるだけ優秀な者を選ぶ傾向にある。

もちろん、揉め事を可能な限り起こしたくないと考える家は、かたくなに長子相続を崩さないこともある。

だが王家はそういう家ではないというか、玉座につく者が誰かによって国のあり方が大きく変わるために、可能な限り優秀な者をつけようとするタイプだった。

その価値観からすると、ユークを玉座につけるべき、という声は当時からかなり強かったようだ。

武術の腕は勇者に選ばれても不自然ではないほどだし、学問にも長けている。

また、カリスマ性という意味でも国民から人気があった。

しかし、コンラッド公爵は最初からアルトンの方を推していたのだ。

これはコンラッド公爵がユークの才能を見抜けなかったというわけではなく、彼にとってどちらの方が都合がいいか、ということだ。

ユークが玉座に就く場合、国の政治について、彼自身がその手腕を振るうことになるだろう。

しかし、コンラッド公爵は宰相としての利権を可能な限り手放したくないのだ。

そのためにはどちらかと言えば無能な、アルトンの方が都合がいいというわけだ。

実際、アルトンは政治についてさほどの興味は示していない。

玉座に就くことに関してだけは弟と争っているものの、実際に国の舵取《かじと》りをどれだけしたいかというとかなりの疑問符がつく。

そんなタイプだ。

そしてだからこそ、コンラッド公爵は彼を選び、ユークを魔王討伐の旅へと向かわせた。

だが結果として、ユークは魔王を倒したと言って戻ってきてしまった。

これは予想外だっただろう。

コンラッド公爵はいずれ必ず、ユークが旅の途中どこかで命を落とすと思っていたのだ。

別に甘い考えではない。

それほどに魔王討伐の旅路というのは厳しい。

普通の人間では、いや、仮に普通でなくとも踏破することなどまるで不可能な旅路なのだ。

特に魔王城があるとされる地域は魔境とまで言われる辺獄すらも超える、強力な魔物の跋扈《ばっこ》する土地の中心部にある。

そんなところに足を踏み入れること自体、まず無理だと思うのが当然だった。

だから、確実に死ぬか、死なないにしても戻ってくることはできない、そう考えるのが当然の話なのだ。

それなのに現実は……。

だから、コンラッド公爵は俺たちにどうしても、勇者ユークを下してもらわなければならないというわけだ。

俺はコンラッド公爵に言う。

「いえ、俺は特にありませんよ」

「む、そうか？　なんでも構わないのだが」

「強いて言うなら、勇者ユークと戦うことこそが俺の願いです」

「ラルドと同じというわけか。お前にあまり戦闘狂のイメージはないのだが……」

「そうかもしれません。ですが、彼に対してだけは、少したぎるところがあるのですよ」

「そう、か……。わかった。気が変わったらいつでも言うがいい。お前たちだけが今の私の頼りなのだ。できる限りのことをする」

「はい」

俺に欲しいものがないのは、本当だ。

そんなものはもうすでに、失われてしまったからだ。

S級冒険者として、《頑健のシモン》などというふたつ名で呼ばれ、どんな危険地帯でも必ず無傷で帰ってくると評価されている俺。

だがそんなものは表向きの立場に過ぎない。

実際には、俺は魔人だ。魔王陛下の忠実なる手下……四天王のひとりだった。

だが、あの方はもういない。この世のどこにも。

俺は知っているのだ。

コンラッド公爵の希望など、儚いものに過ぎないということを。

魔族を、魔人をまとめていた魔王陛下がもう存在しないことは、俺たちには感覚的にわかる。

あの方はすべての魔族、魔人を従えることができたからだ。

そのお力が、今の俺には及んでいない。

つまり、まったくの自由で、もう好きに生きていけばいいということになる。

だが、そんなことをする気にはなれないのだ。

俺はあの方に、心酔していた。

人族に混じって冒険者などやっているのも、あの方のために情報を集めようと、そう考えてのことで。

それなのにもうあの方は……。

だから、俺は勇者ユークと戦いたいのだ。戦って、その力を試し、そして……。

まぁ、このことについては誰にも明かす必要はないだろう。

俺はその日をただ待てばいい。

首を洗って待っていろと、心の底から思った。

第四章　本戦当日

迎えた闘技大会本戦当日。

本戦出場者は八人で、うち七人は予選で勝ち抜いた者たちだ。

ただ、最後のひとりは色々問題があってまだ決まっていないようだった。

シャーロットと共に闘技場の選手控え室にやってくると、そこにはトーナメント表が貼られていた。

「あっ、クレイさん。組み合わせもう決まってるみたいですよ」

「そうみたいだな……どれどれ」

特にくじ引きとかがあったわけではなく、運営の方で勝手に決めたらしい。

まぁテリタスが関わっているのだから妙な八百長みたいなことはないだろうし、そういう意味での問題はないだろう。

「俺とシャーロットは……お互い決勝まで行かない限りは当たらなそうだな」

まず確認したのがそこだった。

初戦で当たってしまうと潰し合いになるので避けたかったからだ。

それほど欲がなさそうに見られがちな俺だが、今回の大会では三位入賞まではテリタスが製作した魔道具が賞品として与えられることになっている。

彼の作った魔道具を手に入れる機会はそうそうないので、手に入るなら手に入れておきたかった。

まぁこれで弟子なのだから、頼めば作ってくれるとは思うが、その代わりになにか要求されそうな気がして怖いのもある。

「頑張って決勝まで勝ち残らないとなりませんね……私の初戦は、ええと、オーレルさん、ですか」

「確か、予選一日目で通った魔術師だったな」

予選一日目で本戦出場権を手に入れたのは、俺とシャーロット、それに先日腕相撲をすることになったブラガと、そしてもうひとり魔術師がいた。

その魔術師がオーレルという名前だった。堅実な戦い振りで、完成度の高い魔術師だ。

隙が少なく、経験も多そうだったな。

「あの人ですか……勝てるかな」

「どうだろうな。相当な実力者っぽかったが……手加減はできないだろう」

この場合の手加減とは、予選みたいに小さくまとまった戦い方をしたらシャーロットでも負けるだろうということだ。

それだけの実力者が、本戦には出揃っているように思う。

「ですよね。本気で頑張ります……クレイさんの方はどうですか」

「俺の方は……ん、聞いたことがある名前だな？　ヘルガか」

見れば、俺の初戦の相手としてヘルガ、という名前が書いてあった。

どこかで聞いたことがあるような。

そう思っていると、

「……お、あんたが私の相手かい？」

と後ろから声がかかる。

選手控え室は大部屋なので、ここに本戦出場者が全員集まることになっている。

俺たちが一番乗りだったが、他も入ってきたようだ。

振り返ってみると、そこにはローブ姿の女性がいた。

浅黒い肌に、ウェーブがかった髪をした、華やかな雰囲気の女性だった。

ただそれだけではなく、俺はその顔を見て、あ、と思う。

だが俺は仮面を被っているため向こうが気付くわけはないだろうと思い直し、動揺を抑えて答えた。

「あぁ、グレイだ」

「グレイ……？　ふーん、知人と似た名前だが……まぁどこにでもいる名前か。おっと、まずは自己紹介だね。私がヘルガだ。ところであんた、辞退するつもりはないかい？」

そう言ってくるヘルガ。

俺は首を傾げる。

「いきなりなにを言うんだ？」

「いや、そうすればあんたは怪我をしないで済むと思ってね。知ってるかどうか、私はこれでキュリオ公国の元独立魔術師団団長でね。そうそうその辺の人間には負けないのさ」

なるほど、と思った。

喧嘩を売ってるんじゃないかという感じの台詞《せりふ》だが、これが彼女らしい気遣いであることを俺は知っている。

というのも、魔王討伐の旅の中で俺は彼女に会っているからだ。

キュリオ公国はそれほど大きな国ではないが、魔術関係に関する研究や技術が極めて進んだ国であり、騎士団もあるが特に魔術師団が強力だと言われている。

その中でも特に独立魔術師団と言われる特別な集団が存在し、これはキュリオ公直属の魔術師団で、国でも選りすぐりの魔術師だけが所属することができるとされている。

特徴は過度とも言えるほどの実戦主義にあり、魔王軍に対しても常に苛烈に戦い続けていたほどだ。

俺たちは魔王討伐の旅の中で、当時、四天王と呼ばれる魔王軍の中でも幹部クラスの魔人がキュリオ公国を侵略するため軍勢を指揮していると知り、共に戦った。

その時に、独立魔術師団を率いていたのが、彼女である。

だが……。

「そうか。しかし、元、と言ったな。今は違うのか？」

彼女、ヘルガは見た目通りまだまだ若い。

テリタスのような特殊な若作りはしていないから二十代後半から三十代前半のはずだ。

そして魔術師は、そんな年齢で引退する必要はない。

騎士など強靭《きょうじん》な肉体を基礎としている職業であれば、衰えてきたと感じた時点で引退することもあるだろうが、魔術師はその気になればいくつになっても戦えるし、そうでなくとも研究職という選択肢もある。

キュリオの独立魔術師団には、後方で魔術や魔道具の研究だけを行う後方支援専門の魔術師も普通にいたということも考えると、引退する理由はない。

それなのに、元とは。

そう思った俺の質問にヘルガは言う。

「あぁ、少し前に後進に道を譲ってね」

「そんな年には見えないが……」

ついそう口にしてしまうが、ヘルガはこれ見よがしにため息をつく。

「あんた、女に年の話なんてするんじゃないよ」

言われてみると、確かにそうかと思って俺は慌てて謝る。

「……すまない」

「はぁ、まぁいいけどね。色々あるのさ。それよりどうだい。辞退の話は」

話を戻したヘルガに、俺は首を横に振って答える。

「すまないが、そういうわけにはいかない。これでもそれなりに目標があって出場しているからな」

「そうなのかい？」

「あぁ。優勝したいんだ」

大真面目に言ったが、ヘルガはそれを聞いて笑い出す。

「は、ははっ。あんたが、優勝？　笑わせるね。だが、それは無理さ。あんたは私に負けるんだからね……ま、いい。あんたの気持ちは理解した。じゃあ正々堂々戦うことにしよう」

「ああ」

ヘルガはそして去っていった。

その背中を見つめながら、ここまで黙って話を聞いていたシャーロットが言う。

「なんだか、濃い人でしたね……」

「実力者は大抵変わり者ばかりだからな」

偏見かもしれないが、事実だ。

ある程度、こだわりというか執着というか、そういうものを持たないと人間は中々大成しないものだからだ。ヘルガは魔族や魔人を滅ぼすことに執着していて、そのためだったらなんでもする、というタイプだった。

それを思うと、やはり魔術師団を辞めたことが不思議だが、結局聞き出せなかったな。

初対面のふりをしているから、そうなると踏み込むのは中々難しい。

「確かにクレイさん……いえ、グレイさんもフローラさんもだいぶ変わってますしね」

「俺たちは……まぁ、否定はできないか」

そんなことを話していると、続々と他の本戦出場者たちが控え室に入ってきた。

その中でもローブを着て深くフードを被った男が、シャーロットを確認すると近づいてきた。

「シャーロット殿！」

「知り合いか？」

俺がシャーロットに尋ねると、彼女は頷いた。

「ええ。彼はほら、先日祖父と……」

そこまで聞いて俺は理解する。

メルヴィルとシャーロットが会ったという、エルフィラ聖樹国のエルフか。

フードを被った中を見ても一見、人族にしか見えないが、あれはあくまでも隠匿魔術をかけているだけというのが俺の目には見える。

というか、隠匿系は耳にだけかけているようで、顔立ちは人族には滅多にいないだろう美形だ。エルフだと言われると納得できるだけのものがある。

「イラさん。祖父にはともかく、私には敬称などつけなくても構わないですよ？」

シャーロットが彼――イラに言ったが、イラは首を横に振る。

「いえいえ、そのようなことはできません。我々にとって貴女方は尊敬に値する方々なのですから」

その言葉の意味は、シャーロットとメルヴィルがエルフにとって重要なハイエルフだからということだ。

シャーロットは言う。

「本戦で戦うかもしれませんのに」

それで大丈夫なのか、本気を出せるのか、という話だ。

けれどイラはにやりと笑って言った。

「それとこれとは別ですから。では、闘技場ステージで」

その背中には確かな闘志が漲《みなぎ》っており、尊敬しているから実力を発揮できないということは確かになさそうに見えた。

「シャーロットの実力は、自分と戦って見せろ、とそういうことか」

俺がそう呟くと、シャーロットは言う。

「みたいですね。そのためのちょうどいい場が闘技大会だったということで」

「勝てるのか？」

「負けませんよ。ですけど、結界を壊さないかが不安です」

闘技場ステージには先日も結界が張ってあったが、その強度に不安を覚えたのだろう。

「それは大丈夫だろう」

「どうしてですか？」

「それは秘密なんだが、安心していい」

「うーん？　わかりました」

別に言ってもいいのだが、一応秘密にしておくことにした。

実のところ、昨日の夜、フローラがテリタスに応援を求められていたのだ。

先日の闘技場ステージの結界はテリタスの魔道具と魔術師によって作り上げられていたが、それだけだと今日は厳しいという判断になったのだろう。

ではどうするか、という段階になって、テリタスは素直に結界の専門家に頼むことにしたわけだ。

フローラの結界は、勇者パーティーの中で最も強力かつ安定している。

まぁテリタスだって似たような強度のものは張れるのだが、彼の運営としての仕事はそれだけではないだろうし、ちょうど手の空いてるフローラがやってくれた方が楽というのも大きいだろう。

それからしばらくして。

「全員揃われましたね。ではこれから、魔王討伐記念闘技大会本戦を行います。まず第一試合……イラさんと、ブラガさん、どうぞこちらへ！」

運営職員が控え室の中に入ってきて、ふたりを呼んだ。

イラというのは先ほどシャーロットに話しかけたエルフだ。

ブラガは俺と腕相撲をした重騎士である。

エルフの魔術師と、重騎士という組み合わせはおもしろいな。

ふたりは運営職員に連れられて、控え室を出ていく。

ちなみに俺たちは控え室から直通の、闘技場ステージが見えるバルコニー席に移動を求められた。

別に見なくても構わないということだったが、この後、当たるかもしれないのだ。

全員が素直に席に移る。

そもそも、みんな、戦いが好きだから闘技大会に出ているわけで、他人の試合を見たくないわけがない。

俺とシャーロットが隣同士にかけたのは言うまでもない。

他は割とひとりずつ、離れて座った。

そこそこ広くて、それでも十分に全員座れる。

「どっちが勝つと思いますか？」

シャーロットが尋ねてきたので俺は答える。

「難しいな。魔術師とマズル騎士国の重騎士だと、一対一なら重騎士の方が通常は有利だが……」

「そうなんですか？」

首を傾げるシャーロット。

俺は説明しようと口を開きかけたが、そこで別の人物がその先を奪った。

「マズルの重騎士は生半可な魔術はすべて弾いちまうからね。魔術師の天敵なのさ」

見れば、そこにはヘルガがいた。

離れた席に座ったと思っていたが、いつの間にか近づいていたようだ。

「あんた……」

「なんだい、私と一緒に観戦するのはお気に召さないかい」

「いや、別に俺はいいが……シャーロットは？」

「私も構いませんよ」

とはいえ、エルフがどうこうという話はしにくくなるか？

いや、イラがエルフであることは別に言っても構わないのかな。

一応隠してはいるようだが、かなり簡易的な隠匿なので本人としてもバレても問題はなさそうだし。本気で隠すつもりなら、もっとガチガチな構成で隠匿するものだ。

エルフは確かに少ないが、王都にいないわけでもないし、この国で差別されているわけでもない。ただ珍しいな、で終わる。

「じゃあ、ここに座らせてもらうよ」

ヘルガは俺の右隣に座った。

左にはシャーロットがかけているから、ちょうど両手に花の格好だ。

なんだか、他の出場者の手前、居心地が微妙に悪いな……。

シャーロットとヘルガ以外の本戦出場者は全員男だから余計に。

そんなことを考えていると……。

『さぁ、闘技場にお集まりの皆様。お待たせしました。ついにこの日が、魔王討伐記念闘技大会本戦の日がやって参りました！』

拡声魔道具からそんな声が聞こえてくる。

ちなみに本戦は予選と違って、細かい解説もしてくれるらしい。

これは当然というか、本戦出場者レベルの戦いを、一般人が見てもなにがなんだかわからない可能性が高いので必要なことだろうと思う。

司会の声は続き、本戦開催を祝う言葉や観戦している主賓たちの紹介が行われる。

そしてついに……。

『それでは、皆様のお待ちかね、本戦第一試合の選手入場です！　まずは、マズル騎士国重騎士団が新鋭、ブラガ・サイクス‼　持って生まれた巨体と、そこから生み出される膂力《りょりょく》はそれだけでも驚異だが、加えて技も持った強力な重戦士だ！』

司会の声と共に、まずブラガが闘技場ステージに入ってくる。

というか、あいつの本名はそんな名前だったのか。

酒場で会った時とは異なり、今日はその巨体を漆黒の重鎧が包んでいる。

また、手にはどれほどの重さなのかも想像がつかないほどの大剣が握られていた。

並みの戦士ではあの姿だけでも威圧されて戦意喪失してしまいそうなほどの迫力がある。

ただ、そんな感じでいながら彼には愛想もあるようだ。

万雷の拍手を送る観客たちに向けて、手を振ったりしている。

いかに武を競う闘技大会とはいえ、興業であるから観客を楽しませるのは大事なことだとは思うが、ブラガにそういう心遣いがあるのは意外だった。

まぁ基本的に気のいい男ではあったから、おかしくはないだろうが。

司会は続ける。

『対するは、その姿、出身地、戦い方すらも謎の戦士、イラだ！　予選では軽々とした身のこなしとおそらくは魔術を見せたのみだが、その真の実力がついにこの戦いで見れるのか⁉』

俺はその説明に少し笑ってしまう。

闘技場ステージに入ってきたイラを見るに、ローブで全身が包まれていて、確かにどんな人物かすらもわからないからこういう言い方をするしかないのか、と納得だったが。

さらに考えてみると、俺も同じような説明を後でされることになるのだろう。

俺の場合、鷹の仮面を被っているし、余計に色物枠扱いされそうだ。

まぁそれは別にいいか。正体を隠せればいいのだから。

それからしばらく、ふたりの予選での戦いぶりの説明がなされた。

司会は最後に言う。

『それでは、無粋な説明はここまでにしておきましょう……なんにせよ、ここでの勝利者が次の試合へと駒を進めるのですから。それでは本戦第一試合……始め‼』

ふたりがそして動き出す。

意外にも、初めに動いたのはイラの方だった。

短い詠唱の後、彼の前方に向かって十数本の魔術の矢が放たれる。

「随分と早く放ったものですね」

シャーロットがその様子を見ながら呟くと、これにヘルガが言う。

「あれは試合開始の合図がされる前からすでに魔術を構築していたようだからね。確かにルール上は問題ないが、タイミングを取るのが難しい。あのイラって奴、相当な術士だね」

さすが、独立魔術師団の元団長だけあり、分析力にも長けているようだ。

実際、魔術というのは我慢が難しいところがある。

どういう意味かと言えば、一度構築しはじめれば、射出するまでの時間はだいたい一定だということだ。射出を数秒遅らせる、くらいならギリギリできなくもないが、数十秒とかそれ以上になってくると厳しいのが普通だ。

イラは今回、いつ司会が試合開始の合図を言うかはっきりとしない状況で、合図ぴったりに魔術を放ったことから、その我慢をしっかりとやり抜いたということになるのだ。

もちろん、一か八かで構築したらたまたまちょうどいいタイミングで放てたという可能性もあるが、さすがにそんな馬鹿なことはしないだろう。

そのようなことをして、失敗すれば魔術は暴発するか、霧散してしまう。

結果、次弾を放つまでに時間がかかることになり、隙だらけになる。

そんなことをこの本戦の場でやるはずがなかった。

「ただ、それですら小手調べにしかならないみたいですね、マズルの重騎士相手には」

シャーロットの視線の先には、魔術矢が命中したことによって起きた砂煙があった。

そこから、ぬっとした様子で大きな質量が這《は》い出してくる。

もちろん、ブラガであった。

「傷ひとつないねぇ。マズルの重騎士に生半可な魔術は効かないというが、それでもあれだけの数の魔術矢であれば普通は無傷ではすまないもんだ。新鋭というのも嘘ではないらしい」

ヘルガが感心したように口笛を吹く。

実際、ブラガの動きに乱れはなく、そのままイラに向かって一直線に走る。

あれだけの重鎧を着て出せる速度ではないが、そのための身体強化をひたすらに鍛えるのがマズルのやり方だ。

あれくらいは朝飯前だということだろう。

振りかぶった大剣を振り下ろすブラガ。けれどイラはそれを回避する。

魔術師は基本的に戦士に対しては弱いと言われる。

それは身体能力に大幅な差があるからだ。

魔術師も当然、身体強化系の魔術は使えるものの、それが主体ではなく、あくまでも砲台として戦うものだからだ。

攻撃の回避については、防御系の魔術によって行うのが普通だ。

だから、ここまで近づかれた時点で普通は終わりなのだ。

しかし、イラの場合は違った。

――ビュン！

と高い風切り音がし、ブラガに向かってなにかが放たれた。

ブラガはその瞬間覚えた危機感に従い、反射のみによって回避する。

すると、目の前のイラの手に細剣がいつの間にか握られていることに気付いたようだ。

どうやらイラはただの魔術師ではないようで、そこから、イラは素早く細剣を振るってブラガに猛攻を加えていく。これにはブラガも困ったようで、距離を取ろうとするが、イラはそれをさせまいと詰めていく。

最後にはブラガは闘技場ステージの縁にまで押し込まれた。

これ以上逃げることはできないと察したブラガは、一か八かの賭けに出る。

裂帛《れっぱく》の気合いと共に、大剣を振りかぶるが……。

すっと、ブラガの首筋、重鎧の隙間にちょうど差し込まれるように細剣が添えられた。

死の予感にさすがのブラガもその動きを止める。

そして、イラがなにかを呟いた後、ブラガは大剣を手放し、両手を挙げた。

『決着です！　第一試合の勝者は、イラ選手！』

司会の声が響き、彼に勝者を讃える拍手が送られた。

「いやはや、あっけない終わり方だったたね」

ヘルガが手を叩きながらそう呟く。

「ブラガの優勢はあくまでも戦士である部分にだったたから、これは仕方がないだろうな。イラがあそこまで戦える剣士である時点で、ほとんど負けが決まっていたと言っていい」

俺がそう評するとシャーロットが尋ねる。

「では重騎士相手には魔術と細剣を同時に収めれば必ず勝てますか？」

これにはヘルガが答えた。

「いや、無理だろうね。というのは、その両方をあのレベルで収めることが、という意味だが。もちろんのことだが、魔術も武術も両方身につけられるならその方が臨機応変に戦えて強いもんさ。だが、実際にそれを目指そうとすると、どちらも中途半端で終わってしまう。同じ量だけ修練したのなら、片方だけに打ち込んだ奴の方が強くなれるんだ」

これにシャーロットは少し首を傾げてから、なにかを考え、そして納得したように頷いた。

「あぁ……そうですね。時間の問題がありますもんね」

「ん？　どういうことだい？」

これにヘルガは首を傾げる。

だがシャーロットは曖昧に笑って言う。

「いえ、こっちの話です。でも、よくわかりました。ありがとうございます、ヘルガさん」

「あぁ、いや構わないけどさ」

シャーロットがなにを考えてそんなことを言ったのか、俺にはよくわかった。

彼女はエルフだ。そしてイラも同様である。

つまり、通常の人族に比べて遙かに長い寿命を持つ。

人族が修練に費やせる時間は短く、武術なら二、三十年といったところだろう。魔術であれば死ぬまで研鑽《けんさん》し続けることは可能だが、それでも四、五十年が関の山だ。

けれどエルフは違う。

両方を百年以上鍛え上げ続けることが普通にできてしまう。だから、魔術と武術の両方を身につけるのも、問題なくできることなのだ。

実際、エルフは魔術以外にも、弓術などに長けているのが普通だ。

それに加えて剣術なども身につけても、人族より長い時間鍛えられる。

持っている時間が違うというのは、それだけですでに不公平だということがわかる。

ただその代わり、人族のようにどんなところでも短い期間で大繁殖できるとか、ある日突然、とてつもなく強力な才能を持つ者が生まれて頂点にまで駆け上がっていくとか、そういう可能性は限りなく低かったりする。

そもそも母数が少ないからだ。

人族が百万人増える間に、エルフは千人も増えない。

「おっと、それより私、行かないと」

シャーロットがそう呟く。

「そういや、次の試合はあんただったね。応援してるよ」

「いいんですか、私を応援して」

「あんたともし当たるとしたら決勝だからね。ま、その前に私はグレイとだが」

事実、俺とヘルガは第三試合で戦うことになっている。

俺もシャーロットに言う。

「頑張れよ」

「はい！」

そしてシャーロットは控え室に向かって走っていった。

一試合終わるごとに三十分ほど休憩時間が設けられているため、十分間に合う。

そんなに時間があるのは、闘技場ステージも予選の時とは違って壊れる可能性が高く、その整備のためという目的もあった。

シャーロットの姿が見えなくなり、ヘルガがふと口を開く。

「そういや、あんたとあの子の関係ってあれかい、恋人かい？」

「随分唐突だな……いや、違うが。少し前に色々あって知り合ったんだよ」

「ふーん。そうかい」

なぜかヘルガが少し嬉しそうで、それが不思議だった。

それから三十分が経ち、ついにシャーロットの試合が始まった。

彼女の相手は南方系の魔術師であり、十分な修練は積んでいたとは思う。

けれど、さすがに相手が悪かった。

シャーロットが魔術を構築すると、それを防ぐことすらできずに、ほんの三分ほどで決着がついてしまったのだ。

これを観客たちは驚きと興奮で賞賛したのだった。

＊＊＊＊＊

「さて、やっとお楽しみってわけかい」

闘技場ステージで、ヘルガが俺をその瞳の中に映しながら不敵に笑った。

大振りの杖を持っているが、身につけているのはまるで騎士のような鎧だ。

キュリオの独立魔術師団は別にそういった装備を推奨しているわけではなく、彼女独自の装備だな、これは。

「できるだけ手加減してくれるとありがたいよ」

俺は肩を竦めてそう言うが、ヘルガは首を横に振る。

「そういうわけにはいかないよ。私はこの時をずっと心待ちにしていたんだからさ……ねぇ、クレイ」

その言葉に、俺は仮面の下で目を見開いた。

……いや、半ば予想していたから、そこまでの驚きはないな。

ヘルガは、魔王討伐の旅で出会っていて、その時にかなり言葉も交わしている。

仮面を被ったくらいで隠し通せるわけもなかったか。

「そんな名前の人は知りません」

ふざけてそう返すものの、ヘルガはさらに笑みを深くする。

「まったく人を食った男なのは昔から変わらないね。あの頃だって自分は戦闘員でもなんでもございませんみたいな顔して、恐ろしいほどの腕をしていたし。ただ、いずれ英雄として名前が知られるようになるもんだとは思っていたよ。それなのに、魔王討伐がなされて知れ渡った名前は、勇者ユークに聖女フローラ、そして賢者テリタスだけじゃないか。私は不思議でたまらなかったよ。あれ、どういうことなんだい？」

「その三人で魔王討伐したんだろ？」

「その可能性がないとは私も言わないよ。三人とも紛れもなく馬鹿者だったからね。あいつらひとりにだって、私は未だに敵いやしないとも。でもね、少しだけ聞こえてくる話に、荷物持ちがひとりいたようだとか、そんなのがあるんだよ。荷物持ちって……あの三人についていってた他ひとりなんて、あんたしかいないじゃないか」

「まぁ、荷物持ちくらいはやってたかもな……」

こんな話を普通にしていられるのは、ここ闘技場ステージでの会話が、観客席には聞こえないからだ。

強力な結界が張ってあるため、話し声くらいの音は完全に遮断されてしまう。

爆発魔術とか放てばさすがにその轟音《ごうおん》は外部まで響くだろうけどな。

「その荷物持ちは武術も魔術も、あの三人と肩を並べて遜色ないっていう馬鹿みたいな力を持ってたってのが私の記憶さ。いつか、力比べをしたい……そうあの頃約束したね」

確かにそんなこともあった。

けれど、本気だとは思っていなかった。

俺たちはみんな、どちらかというと片道だけの旅のつもりだったからだ。

魔王を本当に討伐できる可能性を、そこまで無邪気に信じていたわけじゃない。

＊＊＊＊

そうだ。確かに約束をした。

ヘルガは数年前のことを思い出していた。

あの頃……ヘルガがキュリオ公国で独立魔術師団団長を務めていた頃。

当時キュリオ公国軍と頻繁にぶつかり合っていた魔王軍四天王のひとりを倒すため、協力してほしいとやってきた四人。

それが勇者ユーク率いる一行だった。

ちなみに彼らの訪問の目的を聞いたとき、キュリオ公は半信半疑だったというか、こいつらはいったいなにを言っているのか、という態度を隠さなかったが、それも当然の話だった。

なにせ、彼らが倒すと言った四天王を含む魔王軍は、キュリオ公国軍が全軍を持って相手してもなお、一進一退の攻防を繰り返すことしかできていないような存在だったからだ。

にもかかわらず、たった四人でどうにかするとはいったいどういうことか？

妄言にもほどがあると誰もが思った。

ユークが大国アルトニアの王子でなければ話を聞くことすらなかったと言える。

ヘルガもまた、そう考えたうちのひとりだった。

独立魔術師団はキュリオ公直属の少数精鋭部隊で、当時の使命はそれこそまさに、相手の大将である四天王の首を取ってくることにあった。

けれど少数精鋭とはいっても、百人以上の団員がいたし、その上で軍の支援を受けながら、どうにかして四天王のいるところまで辿り着こうと考えていた。

それをたった四人でどうにかするなど……。

いや、一応キュリオ公国の援護を求めているのだから、無謀とはいえ多少は考えているところもあったかもしれないが……それにしても、最後は四人でやる気だったのは間違いなかった。

四天王は、一騎当千。

魔人というのはそういう存在で、たとえどれほどの腕を持っていたとしても人間数人でどうにかできる相手ではない。

それが当時の常識だったのに。

だから、ヘルガはユークたちの実力に疑問を呈し、その上で腕試しを求めた。

本当にそのようなことができるというのなら、四人で独立魔術師団全員を相手に完勝できるのだろうなと。

これは無理難題を言ったというわけではない。

それくらいのことができなければ、事実として四天王を倒すなど不可能なのだ。

ただ、その上でヘルガはそんなことがユークたちにできるとは思ってなかった。

勇者ユーク、聖女フローラ、賢者テリタス、彼らの名は当時も確かによく知られていた。

だがそれは、ユークは大国の王子で、フローラは教会の多大なる支援を受けていて、テリタスについては発明品の類がどこにでも流通しているから名前が知られているだけで、その戦闘能力についてはたかがしれているだろうと、そう思っていた。

けれど、結果は惨憺《さんたん》たるものだった。

百人からなる独立魔術師団は、見事なまでに惨敗した。

彼らに傷ひとつつけることすらできずにである。

これは恐ろしい話だった。

いくらなんでも、そこまでの差があるとは思ってもみなかったからだ。

しかも、ヘルガは名の知れた三人ではなく、名前を聞いたことすらないひとりの青年に敗北した。

魔術を放てばすべてかき消され、剣を振るってもどんな剣筋であろうといなされる。

ヘルガは決して弱くはない。

それどころか、当時も今も、キュリオにおいては最強と言える。

それなのにだ。

もうなにも言えなかった。

そんな負け方をしたのだ。

その時に、ヘルガはいつか自分に力がついたら、力比べをしてくれないかと約束した。

それくらいの意地を張りたかったというのが正直なところだった。

ただ、この敗北によって独立魔術師団の名声は地に落ちるかと思ったが、意外にもそんなことにはならなかった。

その理由は、ユークたちの希望が共闘にあり、実際に四天王軍との戦いをする中で、独立魔術師団は奮戦したからだ。

彼らを無傷で四天王のもとまで送り届けるのに最も力を砕いたのは、間違いなく独立魔術師団だった。

そして、四天王はユークたちの手によって倒され、その結果を聞いたキュリオ公も民衆も、独立魔術師団の力が弱いのではなく、ユークたちが世界の希望なのであり、そんな彼らのための露払いの任務をこなせるほどの力を持つというだけで誇りになると、そういう評価に落ち着いた。

実際その後、他国の騎士団やら魔術師団やらと交流戦をしたりする中で、力不足を感じたことは一度もなかった。

ユークたちが異常だっただけだ。

ただそれでも、ヘルガは魔術師団長の座を引かざるを得なかった。

鍛え足りないと、心からそう思ったからだ。

キュリオ公も止めてくれたし、団員たちも同様だったが、それでも納得がいかなかった。

せめてあの時、自分を倒した相手に一矢報いるくらいの力を身につけたいと当時のヘルガは思った。

そう考えて各地を転々とし、魔王軍との戦いがあると聞けばどこであろうと参戦するような生活をして暮らしたが……。

そうこうしているうちに、魔王は討伐された。

誰が倒したのか、どういう経緯でそれがなされたのか。

気になって色々と聞いて歩いた。

話を聞くうち、彼らが自国に帰っていると聞いた。

そして、あの日の約束を果たそうと、この闘技大会に辿り着いたというわけだ。

そうだ。目の前にはあの時約束した相手がいる。

自分も当時と比べてかなりの力をつけた。

勝てるだろうか？

いや……。

だが、あの時の二の舞にはならない。

だからどんな結果になろうとも全力でやろうと思っていた。

「約束なんて覚えていないと言いたいところだったが、そんな目をされるとそうも言えなくなるな」

目の前の男、クレイが仮面の横からわずかに覗く口の端を上げる。

正直、グレイ、なんて名乗って鷹を模した仮面をしたふざけた格好で、最初は気付かなかった。

だがその身のこなしや、ふと漏れる覚えのある魔力などから、こいつはあの時の……と気付いた。

それでもまだ確信はなかったが、もうこれは確定と言っていいだろう。

「やっぱり、あんたはあの時のクレイなんだね」

「あれ、確信してたんじゃ」

「さっきした問答も含め、八割方そうとは思ってたけど、絶対とまではね」

「これは失敗したかな。とぼけておけばよかったよ」

肩を竦めるクレイ。

「ま、それでもやることは変わらないんだし、いいじゃないか」

「それもそうか……しかし、いいのか？」

首を傾げるクレイに、ヘルガはいぶかしげな声で尋ねる。

「なにがだい？」

「本気で相手をして、だよ」

そこでクレイがその身のうちに隠していた魔力を吹き出させた。

ヘルガはそれを感じ、冷や汗が湧き出てくるのを押さえられなかった。

「なんて奴だい。あの頃の比じゃないね……」

さっきまでも魔力が感じられないわけではなかった。

昔出会ったときと同程度の魔力はあった。

だから、それ以来さほど魔力量は増えていないのだろう、と思っていた。

現実的に魔力量を増やすのは意外に難しいのだ。

実戦で増やすくらいしか、方法はない。

だからさほど魔力が増えてなくてもおかしくはなかった。

けれど、考えてみればそんなはずはないのだ。

当時、キュリオ公国が相手にしていた四天王を勇者一行は討伐したが、それが世界で初めての四天王討伐だった。

その後にも勇者一行が他の四天王を討伐したというニュースは聞いたし、魔王討伐も当然聞いた。

そんな中で激戦がないわけがなく、クレイがそこに参加していないはずもなかったのだから。

「ヘルガも当時よりかなり強くなったのを感じるよ。手加減するつもりはないけど、あの頃よりは長く戦えそうだ……覚悟はいいかな？」

「はっ……いいとも。私もそれなりにはなったつもりなんだ。胸を借りるつもりで、やらせてもらうよ」

そして、司会の声が響く。

『……始めっ‼』

＊＊＊＊＊

司会の試合開始の声が響いた直後、先に動き出したのはヘルガだった。

それを見て、俺は随分な無茶をするものだ、と思った。

というのは、彼女が最初に使った魔術にある。

一見するとただの身体強化系に見えるのだが、実際には通常のそれとはまるで異なるものだ。

身体強化系は一般的に、身体全体……筋肉だけでなく、骨や神経、脳に至るまですべてを同調して強化することを推奨される。

そうでなければ、強化されすぎた筋肉に骨が耐えらなくなって折れてしまったりするからだ。

それを避けるため、身体強化系は基本的に規格化した術式を使うのが普通だ。

けれど、ある程度の実力に至ると、それでは物足りなくなる。

規格化した術式では強化度合いに限界があるためだ。

だから、そこを抜け出した術士は手動で強化倍率や強化箇所をいじりはじめる。

自分の耐えられる限界値ギリギリまで挑戦しながら。

ただ、これも口で言うほど簡単ではない。

俺が知る限り、完璧にこれができるのはユークと俺、それにテリタスくらいだからだ。

フローラも似たようなことをやるが、彼女はそこに法術も組み合わせて独自の術式にまで昇華しているので厳密には異なる。

腕相撲が勇者パーティーで最も強いのには理由があるというわけだな。

ちなみに、その無茶な身体強化を他に魔物や魔族がやっているのは見たことがあるが、それは魔物の身体がそもそも丈夫なためで、人間がやれば普通はすぐにバランスを崩してしまう。

けれどヘルガは今まさにそれをやっていた。

正直、俺から見るとまだ不格好だ。

しかし、それでも今の彼女の身体強化に対抗できる存在は滅多にいないだろう。

「ただ、相手が悪かったな」

俺もまた、身体強化を発動させる。

魔王討伐の旅の中、ひたすらに鍛え上げたそれをだ。

バランス調整についてもお手の物で、もはや失敗することはない。

ちなみに、こちらに向かってくるヘルガの杖の先に魔術による刃が生み出されていた。

彼女の戦い方は昔からあまり変わっていないようで、魔術師、と言いながらもどちらかというと戦士寄りだ。

魔術による武器を生み出し、それで近接戦闘をするのだ。

けれど魔術も平行して扱い、手数で圧倒して敵を滅ぼす。

彼女はこの戦い方で当時キュリオ公国内において無敵を誇り、若くして独立魔術師団長の座に着いたという。

実際、それは魔術師として完成した戦い方のひとつと言えるだろう。

それを極めきった彼女に、ほとんど相手になるものはいない……俺が同じタイプの術士で、さらに高いレベルでそれをやれるという点を除けば。

杖に鎌のような魔術刃を生やした彼女が俺の首を狩るべくそれを振るう。

だが俺は体の周り数ミリまで圧縮した防御魔術をすでに発動させていた。

それはフローラには及ばないものの、大抵の攻撃を防げるものだ。

ヘルガの魔術刃すらも、それを通すことはできない。

「なっ⁉」

「魔力が足りてないな」

俺はそのまま剣を振るう。ヘルガのような魔術刃ではないが、魔力による強化がかかっているため並みの攻撃力ではない。

事実、ヘルガが張っていた結界の数枚を破る。

「十枚以上張ってた結界を軽く切り裂くんじゃないよ！」

言いながらヘルガは一旦下がり、俺の出方を見た。

昔であればそのまま烈火の如くの勢いで向かってくるが、当時よりかなり冷静な戦い方になったようだ。

だが、俺はそれを許すつもりはなかった。

地面を踏み切り、剣を振りかぶる。

「……ッ⁉　ちくしょう、休ませるつもりもないのかい！」

俺の斬撃を、鎌状の魔術刃で弾いていくヘルガ。

確かにあの頃より遙かに技量は上がっていた。

当時は力任せに武器を振るうのが彼女の得意とするやり方だった。

わざとと言うよりは地力重視の戦い方。

それでもキュリオ公国最強を誇ったのは、彼女の魔術の実力が桁違いだったからだ。

大抵のものは、彼女の魔術刃の前に一撃で切り裂かれる。

それほどのもの。

だが、それを弾ける者からすれば脆いのも当然だった。

もちろん、当時の彼女にまったく技量がなかったわけではなく、団長を張れるくらいのものはあったが、俺たちから見ると、ということだ。

今の彼女は俺から見ても相当なものである。

ただそれでも……。

「この程度か？　それならもう終わりにするが……」

俺は剣に今までより強めに魔力を込めて構える。

「……やれやれ。まだ終わってたまるものか。見せてやるよ。私の力を……」

ヘルガはそして深く集中し、魔術を構築した。

すると……。

「これは……なるほど。中々壮観な光景だな」

ヘルガを中心として、空中に十数個の武具が浮遊していた。

いずれも魔術によって形成された武具だ。

剣、槍、弓……古今東西の武具が揃っている。

そういえば、昔のヘルガは鎌ではなく剣で戦っていたなと思う。

それを鎌にしたのは、やはり新しい戦い方を身につけたから、という理由があったからなのだろう。

「さぁ、やろうじゃないか！」

そして、ヘルガが足に力を込めた。

「俺も手加減できないな」

俺は空いていた手にもう一本剣を出現させ、そこにも魔力を込めた。

「……あんた、二刀流だったのかい」

「実はな。滅多にやらないんだけどさ」

「そこそこ実力を引き出せたみたいで嬉しいね……行くよ！」

そしてヘルガが地面を踏み切った。

彼女の周りに浮かぶ武具もまた、同時に襲いかかってくる。

いずれも間髪を容れずに俺の命を刈り取ろうとしてくる。

だが……。

「あんた、化け物かい……」

しばらくの後、すべての武具が落とされ、ぜぇぜぇと息を吐いて地面に膝を突いているヘルガがそこにいた。

「どうかな。ヘルガも観客からすれば似たようなものじゃないか」

今、観客たちの声は完全になくなっている。

ヘルガのあまりの魔術に、皆、息を呑んで見つめていたからだ。

だが、それも俺がすべて落とした。

「はっ……それを涼しい顔で弾ききったあんたが言うことじゃないと思うがね……ま、いい。もう魔力も空っぽさ」

「そのようだな……で、どうする」

俺が促すとヘルガはため息をついてから、審判の方に視線を向けて、両手を掲げてから悔しげに呟いた。

「降参だよ。私の負けだ」

そして、審判が、俺の勝利を告げた。

＊＊＊＊＊

試合が終わり、観客席に戻る。

本戦出場者たちのためだけのテラス席には、ブラガとイラが戻っていた。

別に負けたらここの使用を禁止するとかそういうわけではないようだ。

「あれ、シャーロットは……？」

なぜかいないので俺が首を傾げると、俺たちに気付いたブラガが答えた。

「お、グレイじゃないか。シャーロットはもう次の試合のためにステージに向かったぞ」

どうやら、入れ違いになったらしい。

俺は医務室に向かうヘルガに少し付き添ったからだろうな。

大した怪我はさせてはいないものの、結構な魔力を使ったために魔力回復薬だけもらいに行ったのだ。

それでひとりで向かわせるのもと思って付き添ったのである。

ともあれ、今はシャーロットのことだ。

「え、でも確か次の試合は……あぁ、確かシードだったたか？」

本戦出場者は七人決まっていたが、最後のひとりはまだ決まっていないという話だった。

決まったら俺たちの第三試合に続く第四試合に出場する騎士の相手になるようにトーナメント表は記載されていたが、結局誰も決まらなかったとしたらそのままシードとして上に上がったと考えられる。

そうだとすれば、第五試合に出るシャーロットがもういないのは理解できる。

しかし、ブラガは首を横に振った。

「いや、そうじゃない。しっかり試合は行われたぜ」

「本当か？　だが俺たちの試合が終わってから、まだ大した時間は……」

けれどこれにもブラガが答える。

「あぁ、そうなんだがな。でもお察しの通り、その試合はもう終わっちまったんだよ」

これに俺は驚く。

「こんなに早くにか？　どうしてそんなことに」

俺がヘルガの付き添いをしていた時間を考えても、第四試合が始まるか始まらないか、くらいの時間のはずだ。

そもそも俺はあるなら第四試合を見たくて戻ってきたのだから。

最後の出場者、八人目がいるとしたらその顔と実力を見ておきたかった。

「そこなんだがな……そもそも試合自体、早めに始まったのが大きいな」

「どうしてだ？」

「お前とヘルガの試合じゃ、ステージがあんまり痛まなかったからだよ。特に修復の必要もなかったようだからな。少々の確認だけで終わったんだ」

「なるほど」

ブラガとイラとの戦いではイラの放った魔術をブラガがその場で受け止めたりしたため、そこそこステージが傷ついていた。

その修復に時間がかかったようだが、俺とヘルガの戦いではとにかく相手自身に直接攻撃をたたき込むべく、お互いが動いた関係もあって、ステージ自体の傷が少なかった。

だからだろう。

ブラガは顎を摩り、思い出すように続ける。

「にしても、お前らふたりの戦いはなんかこう、洗練されてたよな。ああいう戦いは俺にはできねぇぜ」

「ブラガとイラの戦いも見てておもしろかったけどな。マズルの重騎士の戦い方を久しぶりに見て、懐かしく思った」

「お、そうかい。だが結局やられちまったけどな。なぁ、俺にはなにが足りなかったと思う？」

意外にも素直に欠点を尋ねてきたので、俺は考えて答える。

「いくつか答えはあるが……」

「いくつもあるのか⁉」

ブラガは絶望したような表情で口を開く。

俺はそれに慌てて首を横に振った。

「いや、別に全部採用しろって話じゃなくて、気付いたことって言った方がよかったかな」

ブラガもそれには納得したようで、ほっとしたようにため息をつく。

「そうだったか……いや、でも全部聞けるなら聞きてぇな」

「あぁ。別に難しい話じゃないからな。ひとつは、単純な防御力不足だ」

これにはブラガも納得したように頷く。

「それは俺も感じたぜ。試合中、全部を平気そうな顔で受け続けてたが……実際には全部、地味に効いてたんだ。それで最後には足もなにもかも鈍ってしまって負けた感じがある。ただそれだけに、イラの魔術はどれも威力が高かったし正確な撃ち込みだったが、そもそも俺がすべて受けきれるだけの力を持っていれば問題なかったって話になるからな」

「そういうことだな」

これはシンプルな話だ。

純粋な力押しで勝っていこうと思うなら、ブラガの強みである防御力をひたすらあげるのが一番いい。

「だけどそれは簡単なことじゃないだろうねぇ。私も見てたがあんたの防御力は今でも相当なもんだよ」

これはヘルガの言葉だ。

「そうか？」

ブラガが疑わしそうな表情で首を傾げる。

ヘルガはこれを笑う。

「なんであんたがそんな自信なさそうなんだい。マズルの重騎士の防御力なんだ。誰もその強度に問題なんて感じないさ」

「ならいいんだが……でも、結果を見れば通ったダメージはわずかとはいえ、イラの魔術には耐え切れなかったからな」

「それはイラの魔術の練度が高すぎたからだろうね。たとえばの話だが、私が同じ術を放ってもあんたは大したダメージを受けなかっただろうと思う」

これはブラガも意外だったらしい。

目を見開く。

「そうなのか？　あんたとグレイとの戦いを見ていたが、あの最後の、大量の武器を出して攻撃する魔術なんかは、俺にも厳しそうだったが……」

「あれは私の切り札だからね。話は別さ。ただ、それでも一撃であんたの防御を抜いたりはできないだろうと思うよ。同じところを何度も攻撃するとか、身体強化の弱いところを狙うとか、そういうやり方をすることになるだろうさ。でも、イラの場合は、それぞれの魔術が、あんたの防御を、それこそわずかに超える程度の密度を持っていたように見えたね」

そう言われて、ブラガはハッとした表情になる。

「もしかして、わざとそれくらいの威力にしてたのか？」

「おそらくはね。地味な攻撃であんたの体力を削って……注意力を散漫にし、そして最後の細剣を差し込む、とそういう作戦だったんだろう」

「俺の集中力不足もあったってわけか……」

考え込むブラガに、俺も言う。

「俺も同感だよ。他にも考えられることはあるが、ブラガが負けた大きな理由はそのふたつだろう。どちらも、努力で塞げる穴だ」

「あぁ、ありがとうよ。本当ならイラにも直接聞きたかったんだが、あいつも試合だからな」

イラは、第一試合の勝者だ。

シャーロットが第二試合。

ふたりともトーナメント表を勝ち上がったので、第五試合でこのふたりがぶつかることになる。

第六試合が、俺と……。

とそこまで考えて思い出す。

「そうそう、話がずれたが、第四試合はなんで早く終わった？」

俺の質問にブラガは答える。

「試合自体が早めに始まったってのと、そもそもそいつが強くてな」

「そいつって言うと、あの騎士か？」

すでに本戦出場が決まっていた騎士の方だ。

けれど、ブラガは首を横に振った。

「いや？　あいつ、ここに戻ってきてないだろ。今は医務室にいるだろうからな……強かったのは、そこの奴だよ」

言われて視線を向けると、奥に見覚えのない細身の男が腰かけていた。

かなり気配が希薄だったため、大会運営側の影の人間かと思ったが、出場者らしい。

「あいつが八人目か」

「そうだ。どうも、コンラッド公爵の推薦だっていう話だぜ。アナウンスされたが聞いてなかったか」

コンラッド公爵。

意外なところから意外な名前を聞いたものだ。

俺とは直接関係はしないが、ユークの政敵である。

そんな男があの男の背後にいるのか。

それとも大した意味はなくなんとなく推薦しただけなのか。

気になって俺は尋ねる。

「それこそ医務室にいたからな。外からの声はあまり聞こえなかった」

「そうか……あの男はベルナルドというS級冒険者だそうだ。俺はこの国で活動してるわけじゃないから名前を始めて聞いたが、グレイはどうだ？」

「Ｓ級冒険者？　いや……そもそも、冒険者の中でもＳ級ってなると、逆に名前を隠して活動してる連中も少なくないからな。知らなかったよ」

Ｓ級冒険者は数少ない。

ひとつの国に数人いるかどうか。それくらいだ。

そしてそれだけに特権も数多く持っている。

たとえば、自分がＳ級であることを隠せる、とかな。

そうはいってもＳ級になる時にバレるだろうと思うかもしれないが、冒険者組合内での昇級は公表されるわけではない。

あくまでも本人に内々に昇級した、と伝えられるだけだ。

だから原理的にはずっと黙っていればほぼバレない。

依頼人になる、高位貴族などはその名前を名簿などで見ることはできるが、それだけだ。

もちろん、自分ではっきり公言しているＳ級も多いのだけどな。

「そんなもんか。名前が知られているかどうかはともかく、実力に関しては本物だったよ。ほとんど一瞬で決着がついてな」

「そんなに強かったのか？」

俺が少し驚いて尋ねると、ブラガは言った。

「強かった。ただ、異質な強さだったように思う」

「というと？」

「早かったとか力が強かったというか……試合が始まって、あいつの存在が認識できなくなってな。で、なにが起こったんだ、と思った瞬間に相手の騎士の男が膝から崩れ落ちて、試合終了だ」

つまり、どういう戦いだったのか、正しく見ることができなかったということだ。

ブラガですらそうなのだ。

観客達もなにが起こったのか理解できなかったに違いない。

「卑怯な手とか使ったわけじゃないんだね？」

ヘルガが尋ねると、ブラガは首を横に振った。

「お前らもステージに立つ前に厳しい身体検査を受けたろ。まっとうじゃない薬品やら魔道具やらを使うようなことはベルナルドにもできない。そういうことだ」

「じゃあ実力ってことだ。これはおもしろいね。グレイが戦うことになる相手だろ。負けるんじゃないよ」

ヘルガがそう言って俺の肩を叩く。

せめて少しくらいは戦い方がわかるかと思っていたが、どうもその目論みは外れたらしい。

逆に、ベルナルドは俺の戦い振りを見ているわけだから、俺の方が不利かな？

ちらり、とベルナルドの方に視線を向けると、向こうもすぐに気付いて手を上げてきた。

表情は笑顔で、感じがいいのが逆に不気味だが……。

「……ま、所詮は闘技大会か。殺し殺されというわけじゃないし、気楽に挑むとするか」

そう思ったのだった。

＊＊＊＊＊

「いやはや、ついに、というわけですね。シャーロット殿」

闘技場ステージに向かう途中、廊下でイラがシャーロットにそう話しかける。

「ええ、そうですね。イラさん。第一試合、見ていましたよ」

「私もシャーロット殿の試合は見ました。まさかあれが本気ではないですよね？」

そう言ったイラの顔は少し煽るような表情が浮かんでいた。

まさかハイエルフだと名乗る者が、あの程度の実力のわけはないだろうなと、そう言いたげだった。

実際にはシャーロットの本戦における戦いは、けっして悪いものではなかったはずだ。

それどころかほぼ瞬殺に近く、観客達は大いに盛り上がっていたくらいである。

対して、イラの方がどちらかと言えば地味だったと言える。

ブラガ相手に多少の時間をかけ、けれど無傷で倒しきったという評価はできるが、その程度だ。

それなのにイラがこの態度なのは……。

「イラさんは、やっぱり本気で戦ったわけではなかったのですね」

そういうことだろう。

イラは頷く。

「我々が本気を出すとなると、闘技場ステージの周囲と観客席を保護している結界がどうなるか、わかったものではないではありませんか」

つまりは破壊して被害を出してしまう可能性があるというのだ。

確かに、ぱっと見では闘技場ステージと観客席に張られた結界は大したもののようには見えない。

たとえばシャーロットの故郷であるヴェーダフォンスに張られたそれと比べると、単純かつ薄いようにも感じられるほどだ。

けれど……。

「イラさん。あの結界は多分ですが、私たちが本気で戦っても壊れませんよ」

シャーロットはそう言った。

理由は簡単だ。

この言葉にイラは少し眉根を上げて言う。

「はて。まさかハイエルフの方が言われることとも思えませんが……」

「そう思うのでしたら、実際に試合で試してみましょう。あの結界は、クレイさんのお知り合いが作り上げたもの。私程度の力で破壊できるとも思えませんが……挑戦してみるのはいいかもしれません」

クレイの仲間、フローラ。

彼女の力もまた、シャーロットは知っている。

黒竜の吐息すらも防ぎきるというその力を。

エルフの術こそが、最大の攻撃力を出せるもので、その力で貫けぬものなど滅多にないと思っていた。

あの黒竜だけが、その例外だった。

けれどそれを軽々と滅ぼしたふたりの力、一度真正面から試してみたいと、そう思ったのだ。

しかしそんなシャーロットの心の内を知らず、ただ馬鹿にされたと考えたらしいイラは言う。

「そこまでおっしゃるのでしたら、その通りに。ですが、人間に被害が出ても、私は責任を取りませんよ？」

「構いません、とは言えませんが……そうはならない、と私は思っています」

シャーロットはそう言って笑い、闘技場ステージに向かったのだった。

＊＊＊＊＊

闘技場ステージで私、ハイエルフのシャーロットはイラさんと向かい合う。

お互い認識阻害をかけているため、観客たちからはただの人族にしか見えていないだろう。

クレイさんのような例外を除いては。

しかし、この試合においては認識阻害をずっと維持し続けられるかは疑問だ。

というのは、認識阻害系の術は慣れれば日常的に維持することは可能だが、それを使用したまま、他の複雑な術を使い続けるとなると厳しいからだ。

イラさんとの戦いが激しくなればなるほど、認識阻害の維持については諦めるしかなくなる。

どれほどの実力かは実際に戦ってみなければわからないが、彼はエルフィラの守護戦士だ。

それもかなり強力な。

エルフィラには私は行ったことはないが、エルフたちの国としてエルフィラ聖樹国があるということはもちろん知っていたし、また概ねどういう国なのかも、祖父などから聞いている。

その知識からすると、エルフィラの守護戦士というのは、聖樹を外敵から守るための戦士が起源であり、そこからエルフィラの上層部、たとえば五公家の人間などを守護する役割も兼ねるようになったらしい。

通常の軍もエルフィラにはあるが、それとは一線を画する誇り高い戦士だという。

要は、一般的な国における近衛騎士のような存在だということだ。

守護戦士になるためには非常に過酷な選抜をくぐり抜ける必要があり、たとえそれを乗り越えてなれたとしても、その実力を維持し続けるためにストイックに修練を続けるのだという。

イラさんは、そんな守護戦士の中でもトップクラスの実力者であるらしい。

彼が守る対象であるファルージャさんは、そう言っていた。

ファルージャさんは五公家の主のひとりであり、まさに人族の国の王や公爵に当たる人物だ。

彼がそう言うのであれば事実だという話になる。

そんなイラさんと、これから戦って勝たなければならないというのだから、大分大変な役割を押しつけられたものだが……。

「やるしかないですね」

ため息をつきつつ、正面を改めて見つめた。

彼は自然体で立っているが、すでに武器を抜き放っている。

第一試合で使っていた細剣だ。

エルフは魔術や精霊術に長け、また素早さに定評があるが、単純な腕力は他の種族にやや劣る。

もちろん、身体強化を使えばその限りではないものの、もともとの力に合わせて細剣を使う者が多い。

私もまた、同様だ。

森では細剣より弓や魔術の方を頻繁に使っているが、さすがに一対一の戦いで弓を主体に戦うのは微妙だ。

そんなことを考えながらこれからの試合のことを考えていると、審判が私とイラさんに視線を合わせる。

準備はできたか、ということだ。

私もイラさんもそれに頷くと、審判は手を高く掲げた。

そして……。

「それでは、本戦第五試合……始め！」

手を勢いよく下げて、そう叫んだ。

最初に動き出したのは、イラさんの方だった。

すぐに決着をつけてやろうという意図なのか、それとも別の考えなのか。

それはわからない。

ただ、その身のこなしは第一試合で見せたものと比べてさらに素早かった。

手を抜いていた、とまで言うのは違うかもしれないが、今回は持てるものすべてを最初から出すつもりなのかもしれない。

イラさんの体に流れる魔力の動きを見ても、出し惜しみしていないのがわかる。

そしてそれだけの魔力を込められた細剣の一撃は確かに重かった。

と、細剣の切っ先が私の作り出した結界に命中する。

――ガンッ！

一点に力を集中して突き込まれた剣は、かなりの威力を持って私の結界を貫こうとした。

が、イラさんはすぐに引いて、構え直す。

「これは、また随分と強力な結界だ。小手調べというわけではなかったのですが、まさか防がれてしまうとは」

イラさんは冷や汗を額に滲ませる。

「最近、学び直したんです。以前までのでしたら、多分すでに貫かれていたんじゃないかと思います」

「そうでしたか。これはついていなかったか……。ですけれど、まだまだ万策尽きたというわけではありませんので。《来たれ、ヘルバ》！」

イラさんの口から人族には聞き取れないだろう言葉が紡がれる。

あれは精霊語だ。

エルフの多くは精霊術を身につけている。

その際に使う言葉が精霊語だ。

これを知っていなければ、通常は精霊術など使うことができない。

精霊というのは大半が自然そのものであり、どこにでもいて、誰の言うことも聞かない存在であるためだ。

けれど、エルフはその存在を見て、声を聞き、そして力を貸してほしいと願うことができる。

その起点になるのが精霊語なのだった。

イラさんの言葉と共に、彼の細剣に下級精霊が巻きついていくのが見える。

彼の使っている細剣は装飾こそ美しいエルフのものだったが、あくまでも金属のみで作られたとわかるものだった。

けれど、それに巻きついたのは植物の蔓である。

イラさんが願ったのは、植物の下級精霊だということだ。

細剣とイラさんの腕をそのまま繋ぐように巻きついたそれは、ただそれだけではなく、細剣とイラさん自身にエネルギーを注ぐ。

精霊術の使い方は色々あるが、イラさんは身体能力と剣自体の強化に使ったようだ。

そして、イラさんは地面を踏み切る。

その速度はさっきの比ではない。

あれでもまだ本気ではなかったというか、あくまでも魔術だけで戦った場合の限界でしかなかったのだろう。

精霊術はそれを使えばエルフだとわかる者にはわかってしまうため、可能な限り使わない傾向があるらしい。

らしい、というのは辺獄のエルフにはない慣習だからだ。

辺獄のエルフは、そもそも森の外に出ることがほとんどないため、そういう心配がいらなかった。

だが、そういうこともこれからは考えていかなければならないかもしれない。

少し面倒だけど。

そんなことを思っている私めがけて、イラさんは細剣を突き込んでくる。

威力はやはり、段違いに上昇していた。

私の結界を削るような、ズガガガ、という音が聞こえてくる。

その時点で、このまま素直に放置したら、当然のごとく破壊されるだろうことが私にも見えていた。

だから私は……。

「……っ!?」

瞬間、イラさんの顔が驚愕に歪む。

なぜなら、私が結界を解いたからだ。

結界を削るように体重を乗せていたイラさんは、一瞬、バランスを崩す。

もちろん、すぐに立て直したが、それほど短い時間も隙は隙だった。

「ぐっ……」

すれ違いざま、わずかに切りつける。

可能であればもっと深くいきたかったところだが、やはり精霊術によって反応速度や耐久性が上がっているからか浅くしか入らなかった。

少し距離が空いたが、イラさんはすぐに方向転換して私を追いかけてくる。

身体能力的には、やはりイラさんの方が上で、すぐに追いつかれる。

そのまま、打ち合いになった。

観客から見て、細剣同士のそれは高速で相手の急所を狙う非常に危険なものに見えただろうが、私にはまだ、余裕があった。

向かってくる細剣を、私は紙一重で避けていく。

大きく避ければ、それがそのまま隙になるからだ。

だから必要最低限の動きで避ける。

もちろん、ぎりぎりなために肌をわずかに掠めることもあった。

だが、それで負う傷など大したものではない。

もしもイラさんの細剣に毒が塗られていたらまた話は違うだろうが、闘技大会などでそこまで本気で命を狙う者はあまりいないだろう。

事実、特にそのような気配はなかった。

あったとしても、解毒くらいなら問題なくできるけれど。

「……はぁ、はぁ！」

打ち合いを続けていくうちに、イラさんの息が荒くなっていく。

これは、精霊術を使い続けているがゆえの、当然の消費だった。

魔術に比べて、かなりの出力を出すことのできる精霊術。

これを使えるということは相当有利と思われるだろうが、実際にはメリット以上にデメリットもある。

メリットはもちろん、強力無比な出力。

身体強化に使ってもいいし、砲台としても優秀だ。

魔術であれば一の威力しか出せない同系統の術を、精霊術なら五や十も出せるエルフは少なくない。

けれどその代わりに、術者は大きな負担を負う。

本来自分自身で構築することのできないほどの力を、その身に受けるのだから、当たり前といえば当たり前だ。

それでも熟練したエルフはその負担を極端に減少させられるのだが、決してゼロにすることはできない。

　今のイラさんがいい例だろう。

　彼は守護戦士として、精霊術も高いレベルで修めているものの、その負担はこの数分で彼の体力を食い潰してしまうほどのもの。

「イラさん、そろそろ限界のようですね」

　私が距離を取り、構えるイラさんにそう言うと彼は不敵に笑って言う。

「満身創痍の貴女に余裕があるとも思えませんがね」

　彼から見ると、今の私は体中から血を流しているように見えるため、そういう言い方になる。

　実際、小さな切り傷はたくさんついているのだが、これは負け惜しみでなく言える。

「すべてかすり傷ですよ」

「それでも、体力の消耗はあるはず……さぁ、もう手加減はやめて、実力を見せてください。でなければ……」

　その後に続く言葉は、貴女をハイエルフと認めることはできない、だろう。

　闘技場だと誰が聞いているかわからないから、可能な限り口にしないことにしているのだ。

　張られた結界や魔術によってここで話した音声は外に漏れないが、それでも口の動きなどからなにを話したか読める技術を持つ者もこの世界にはいるから。

　それにしてもそこまで配慮してくれるのなら、わざわざ闘技大会で確かめようとなどしなくてもいいだろうに、と思ってしまうが、彼には彼の事情がある。

仕方ないので私は口にする。

「……《来たれ、サラマンダー》」

「これはっ……まさか、高位精霊……!?」

イラさんが私を見てそう呟く。

精霊には格があり、その中でも滅多に話を聞いてくれないのが高位精霊だ。

実際にはさらに上位に大精霊と精霊神と呼ばれる存在がいるが、こちらはもはや概念に近いために個人が話しかけるとかそういうレベルではない。

とはいえ、高位精霊はそこまでではないものの、大精霊に近い存在であり、通常は精霊術の対象にはならない。

だけど、私には……というか、ハイエルフには、高位精霊をも精霊術によって使役できるのだ。

事実、今、私の周囲は精霊の力によって気温が上がっていた。

力を抑えなければ、炎すら現出するだろう。

それほどの存在なのだ、高位精霊は。

対して、イラさんが使役しているのは下位精霊に過ぎない。

しかも、植物系の精霊であり、私の使役する高位精霊、サラマンダーが扱う炎との相性は最悪と言える。

「実力を見せてほしいということなので、ここで見せられる限界を出しますが……死なないでくださいね」

私がそう言って力を高め始めると、イラさんは慌てた様子でさらに精霊術を使い始める。

「《来たれ、ポタミ》《来たれ、ネブラ》……‼」

どちらの名前も聞き覚えがある。

水と氷の精霊だったはずだ。

それらはすぐにイラさんの身体を守るように膜のように精霊力を張った。

つまりは、水と氷の結界で……あれならば、直撃しても死なないだろうと安心した私はサラマンダーに願う。

「《サラマンダー、彼の者を焼き尽くせ》」

その瞬間、巨大な火の球が出現し、イラさんに射出される。

そして、それは命中し、結界内部に火炎旋風を作り出した。

術者である私にはその炎は一切の影響を与えず、涼しく立っていられた。

しばらくの後、火炎旋風が静まったその場所にいたのは……。

「はぁ……はぁ……‼」

服を黒焦げにし、顔を煤《すす》で真っ黒にしている、イラさんだった。

精霊達は……もういない。

術が解けて、精霊界に帰ったのだろう。

魔力も精霊力も、もはやすっからかんに見える。

けれど私は一応、尋ねた。

「まだ、やりますか?」

イラさんはなんとも言えない表情で私を数秒見つめ、そして最後に言った。

「私の負けです、シャーロット殿」

＊＊＊＊＊

「いやはや、さすがにあれは驚きましたよ！　まさか高位精霊をあれほど自在に従えておられるとは……！　さすがは、と言ったところですね」

控え室テラス席に戻ってきて、イラがシャーロットにそんな風に話している。

試合の前はあれほどピリピリしていたというのに、もはやその蟠《わだかま》りは皆無らしい。

それも負けたイラの方がすっきりとした表情をしているのが意外だった。

ちなみに、ブラガとヘルガは次の試合の観戦に集中したいから、と言ってその前に腹ごしらえをしてくると行ってしまった。

俺も誘われたが、試合前に食べると吐きそうなので遠慮しておいた。

「あれでよかったですか？　証明としては不十分だったような気がしますが」

シャーロットがイラにそう尋ねる。

イラは彼女に、ハイエルフであることの証明を求めていた。

そのために戦ったわけだが、その目的が達成されたのかどうか、疑問なのだろう。

やったことはただ力で叩きのめしただけだからだ。

けれどイラは言う。

「通常、高位精霊など扱えません。たとえ五公家の当主様方であってもです。それなのにあのように息をするように使役されては……。これで認めないというのはわがままでしょう」

「それならいいのですけど……。では、大会が終わった後は、国に戻られて今回のことを報告されるのでしょうか？」

イラたちは、そもそもエルフィラ聖樹国から来ている。

だから当然、そういう流れだと思われたのだが、イラは意外にも首を横に振った。

「いえ、そうではなく……ファルージャ様とはまず、辺獄へ視察に行こうという話になっておりまして」

「えっ。大丈夫なのですか？　あまり長くエルフィラを空けられるのは……」

シャーロットは別にエルフィラについて心配しなければならない立場ではないが、国の舵取りをする人間のひとりが、辺獄などにそうほいほい行って大丈夫なのか、と考えるのはある意味当然と言えた。

けれどイラはその辺りについて気にした様子もない。

「問題ありません。今回の外出について、特に期間を定めてはおりませんでしたから。それに目的が目的。たとえ一、二年留守にしても、結果を出せば諸手を挙げて喜んでもらえるでしょうから」

目的とは、エルフィラのハイエルフの復活だ。

確かに実現すれば、エルフィラのエルフ達は皆、喜ぶだろう。

ハイエルフというのは、そういう存在だ。

「そうですか……祖父とは？」

「メルヴィル様にもすでに話は通っております。私も辺獄が楽しみです」

どうやら、帰路は結構な大人数になりそうだな、と思いながら話を聞いていると、イラが俺に話しかける。

「グレイ殿も辺獄の方ということですが、シャーロット殿とはどういうご関係で？」

そう言われて、ここまで大した説明もしていなかったなと思う。

いや、そもそもイラが試合前までピリピリしていたため、話す機会がなかっただけだが。

「そんなに大した関係じゃないが、簡単に言うとご近所さんというところだ」

「ご近所さん、ですか。ということは、辺獄近くの村にお住まいが？」

イラは意外にもあの辺りの地理にも詳しいらしく、すぐにエメル村について言及してくる。

俺は行くまで全然知らなかったのだが……いや、メルヴィルがエルフィラと交流はしていたようだし、あの辺りの情報については普通に伝わっていたのかもしれないな。

そんなことを考えつつ、俺は返答する。

「辺獄の近くというより、辺獄を開拓して、家を建てて住んでいるんだよ」

「え？　すみません。よく聞こえませんでした……もう一度言っていただけますか？」

俺の言葉にこてりと首を傾げたイラ。

俺は頼まれた通りにする。

「辺獄を開拓して、家を建てて住んでるんだよ」

するとイラは即座に声をあげる。

「馬鹿な⁉　あそこはとてもではないが人の住める土地ではない、魔境だと聞いておりますよ」

「いや、シャーロットたちだって住んでるんだから、俺が住めない道理はないだろう」

「……エルフは例外と言いますか。いえ、種族として、エルフが人族より優れている、と言いたいわけではありません。そうではなく、森の中で、強力な魔物相手にも通じる結界などを築く術が我々にはありますから。ですが、人族にはそういった技術はないでしょう？　それなのに、開拓というのは……」

確かに、シャーロットたちの集落、ヴェーダフォンスを覆っている結界は大したものだった。決められた手順でチェックポイントを回らない限り、存在すら察知できないのだから。

森をただ歩き回っている魔物たちにそんなことができるわけがないし、そもそもしようとも思わないだろう。

そして、確かに俺にはああいった結界術はない。

俺が使える結界術はフローラやテリタスに学んだものばかりで、どちらにしろ戦闘中に身を守るために張るものだ。

人や魔物を迷わせるような結界を、恒常的に張り続ける技術ではない。

ただ、言われて思ったが辺獄を開拓していくなら、そういった技術も身につけた方がいいのかもしれないな。

俺は魔物が襲ってきても平気だが、他に住む者が出たとしたらそういうわけにもいかないだろうから。

俺はイラに言う。

「確かにエルフのような結界なしにあそこに住むのは危険かもな。だけど、今住んでいるのは基本的に俺だけだ。知人がたまに訪ねてくることはあるけど、その程度でな。ただ、イラに言われて、あそこを開拓していくならそういった技術を身につけた方がよさそうだと思ったよ。

助かった」

するとイラは少し首を傾げる。

「いえ、そういうことが言いたかったわけでは……」

それから、シャーロットの耳に口を寄せる。

「シャーロット殿、グレイ殿は、もしや相当な変わり者ですか？」

しっかりと俺の耳には聞こえているが、これはイラを責めるべきではないだろう。

なにせ、イラは今、話している声が周囲に聞こえないように遮音魔術を使っているのだから。

俺はそれを貫通して聞けるというだけで。

シャーロットの方はそれをわかっているからか、俺に対して遮音魔術を使わなかった。

「グレイさんは変わっているというか……すごい人なんですよ」

「すごい人ですか。ですけど、今日優勝するのはシャーロット殿でしょう？」

トーナメント表を見ると、シャーロットはすでに決勝戦への出場が決まっている。

勝てば優勝だ。

その相手は、順調にいけば俺になる……はずだ。

そしてそうなったとしても、シャーロットは負けないとイラは考えているわけだ。

実際にシャーロットと戦い、彼女の強さを感じたらそう思わずにはいられないのだろう。

けれど当のシャーロットは言うのだ。

「できれば勝ちたいですけど、グレイさんはそんなに甘い相手ではないので……むしろ胸を借りるつもりでいますよ」

「なっ⁉　シャーロット殿がそこまでおっしゃる強敵ですか。人族なのに……いや、すみません。見下しているわけではないのですが」

定期的に配慮した物言いをしてくれるイラ。

本当に見下してるとかそういうつもりはないのだろうが、シャーロットをハイエルフとして尊ぶあまり、相対的に俺の方を低く見ているところはあるな。

まぁこればかりは仕方がない。

エルフにとって、ハイエルフというのはほとんど生き神に等しい存在のようだから。

神様と俺を比べたら、そりゃ、俺の方が何段も下の存在であると言われたらそうとしか言えない。

だから俺は言う。

「気にしてないさ……おっと、そろそろ次の試合の準備らしい。行ってくるよ」

「頑張ってください、グレイさん！」

「楽しみにしていますよ」

シャーロットとイラがそう言って見送ってくれたのだった。

＊＊＊＊＊

「次の試合の相手は貴方ですか」

闘技場ステージに向かう途中、同道していた今回の対戦相手が話しかけてくる。

「あぁ。グレイという。あんたは確か、ベルナルドだったな。有名な冒険者なんだろ？　申し訳ないが、聞いたことがないんだが……」

殺気を向けてくるとか、そんな物騒な雰囲気ではなく、本当に単純な世間話だったので俺も素直に応じる。

実際、ベルナルドは微笑みながら頷いた。

「それは仕方がないですね。私はあまり、宣伝をしておりませんので」

「S級冒険者って、それで食べていけるのか？」

純粋な疑問だった。

冒険者というのは基本的に、他人から依頼を受け、それをこなして報償をもらって生活している。

つまり、依頼がもらえなければ話にならない。

もちろん、まったく名前が知られていなくても冒険者組合が斡旋してくれるのだが、S級ともなれば、そもそもそれほどの難易度の依頼などそうそうあるわけもなく、相応の依頼というのは直接依頼でなければもらいにくいのではないか。

そんな俺の疑問にベルナルドは答える。

「人によりますね。ただ、私の場合、名前は貴族や大商人の方々に知られていれば十分なのです。受けている仕事が、主に影の仕事と言いますか……潜入とか、スパイとか、秘密裏に守るとか、そういうものばかりですのでね」

聞きながら、それに暗殺とか闇討ちとかが入りそうだな、と思った。

というかむしろそれが主体だろうな。

ただ、そんなことは大っぴらに言うことではないという分別はあるらしかった。

「なるほど。確かに気配の消し方が非常にうまい。見習いたいくらいだ」

これは謙遜ではない。

俺は、気配を断つというのがあまり得意ではなかった。

というのは、俺に技術をたたき込んでくれた奴らの性質による。

フローラの使う法術系統にはそういった術はないし、彼女自身も身を隠すより目立ってなんぼの世界で生きているため、隠密系には詳しくなかった。

テリタスは魔術で完全に姿を消す、ということはできるが、身のこなしや視線誘導などで人の意識に留まらないように振る舞う、とかそういった類の気配遮断技術は持っていない。

ユークは言わずもがなだ。

あいつは目立つために生まれてきたような男だ。

誰に対しても、どんな時でも、逃げも隠れもしない。

そういう男だ。

つまり、俺ができる気配遮断は、テリタスが教えてくれた魔術主体のものしかないということになる。

このベルナルドという男は、それとは別系統の技術を持っているようで、学びたいと俺は思った。

まぁ、教えてくれと言って教えてくれるものでもないだろうが。

ベルナルドは俺に言う。

「わかりますか？　やはり本戦でここまで勝ち上がってきただけあって、眼力も相当なものですね。うーむ。そんな貴方にこんなことを言うのは申し訳なくなるのですが……」

「なんだ？」

「私はこの試合で負けたいのです。ですから、手加減をしようと思っているのですが」

それは意外な台詞だった。

闘技大会に出る者すべてが、てっきり優勝を目指しているものと思っていたからだ。

首を傾げる俺に、ベルナルドは続ける。

「いえ、私は三位入賞の賞品である《古き隠者のローブ》が欲しくてですね。ここで負けて、三位決定戦で勝ちたいのですよ」

《古き隠者のローブ》はテリタスが発明した魔道具だ。

伝説に残っている隠者の持つ隠匿能力を魔道具に込めたという触れ込みで、世界に三枚しかないものだな。

「そういう話か……」

確かに今回の闘技大会の賞品は順位によって違っていて、選べる感じではなかった。

価値的には優勝した場合が一番高価なもので、三位のそれは三番目なのだが、そのものが欲しいならその順位になるしかない。

「だが、八百長は駄目だぞ」

そんなことをすればバレる。

一般的な闘技大会だと無理ではないが、今回は運営にテリタスが混じっている。

フローラも結界の設営に参加しているというおまけ付きだ。

このふたりは、実は八百長やイカサマについて見抜く目を持っているので難しい。

それを知らないベルナルドは続ける。

「別にバレやしません。適度に苦戦を演じ、それから私が場外にでもなればいいのですから。

貴方も大して消耗せずに決勝戦に望める。いいことばかりですよ」

「いや……本気で戦ってくれ」

「ですが」

思い悩む様子を見せるベルナルドに、俺は畳みかけるように言う。

「三位の賞品は、あれだ。もしも俺が負けて三位決定戦に出ることになったら、死ぬ気でもぎ取って、あんたにやるからさ」

八百長は確実にバレるからやめようと言っても信じないと思われるので、俺はそう言うことにした。

するとベルナルドは少し考える様子を見せる。

それから頷いて言った。

「そういうことでしたら……。ですが、後悔しないでくださいね？　私は手加減をしないことに決めたら、本当に本気でやります」

少し、空気がピリッとする殺気が出される。

でも不快なものではない。

仕事の割に、気持ちのいい奴なのかもしれないなと少し思った俺は、ベルナルドに頷いて答える。

「あぁ、望むところだ」

そして、俺たちは闘技場ステージに登る。

「……始めッ‼」

試合開始の合図が闘技場ステージに響いたが、俺もベルナルドも距離を取ったまま、その場から動かなかった。

俺は後の先狙いだったが、ベルナルドの方はどうだろうか。

その仕事の多くが影の仕事で、隠密術を得意とする彼からすると、真正面に身をさらした状態から、はい、開始で始まるこういう試合は慣れていないのかもしれない。

「来ないのか？」

気を抜かず剣を構えたままそう尋ねる俺に、ベルナルドは少しおもしろそうな視線を向けて笑った。

「いえ……少し、ほんの少しだけ驚いてしまいまして」

「なにがだ？」

思わず首を傾げる俺。

ベルナルドは少しずつ横に歩を進めながら、話す。

「構えた途端に、貴方の持つ空気感が変わったことに、ですよ」

「戦士なんだ。そんなものじゃないか？」

普段はだらだらしていても、戦闘の場面となると頭がすっかり切り替わる。

そういうタイプは多い。

というか、戦いの中に長く身を置けば置くほど、その切り替えができないと心が壊れていく。

俺は、勇者パーティーの中で自然にそれを学んだ。

パーティーの全員が、特に意識することなくそうあれる人たちだったからだ。

「いえ、それはそうなのですが……そういうことではないのです」

ゆるゆると首を横に振るベルナルド。

「と言うと？」

「貴方も人が悪い。わかっているのでしょう？　私は正直、貴方を侮ってこの試合に臨みました。しかし、今となっては大変失礼だったと思っているのです」

なるほど、と俺は思う。

確かに試合の前にした会話からはそういう雰囲気が感じられた。

だが今のベルナルドの表情には真剣さしかない。

俺の実力を正確に見抜けているかはわからないが、十分に自分と戦える程度の相手であるということは理解しているのだろう。

今のベルナルドは、困惑はしているものの、どこか嬉しそうだった。

強敵に出会った、武人の見せる表情だ。

「もしかしたら期待外れかもしれないぞ？」

「いえ、いえ……それはないでしょう。私の勘は外れたことがありません。これに命を救われたことが何度あることか……貴方もそういう経験はいくつもあるでしょう？」

「確かにな。それを信じるか信じないかが、明暗を分けることはよくある……特に、恐ろしいほどの窮地に置かれた時は」

「越えてきた修羅場の数も相当なようで。賞品などどうでもよくなってきましたね……では、参ります」

ベルナルドはぐっと足下に力を入れる。

——来る！

そう思った時には、すでにベルナルドは俺の目の前まで距離を詰めていた。

隠密系が得意、といっても真正面からの接近戦が嫌いというわけではないらしい。

持っている得物は短剣で、そこのところはらしいと言えばらしいが……。

いや、とにかく対応しなければ。

正確に首筋を狙って突き込まれたそれを、俺は弾く。

けれど当然の如く、それだけで終わることはなかった。

俺としては剣の間合いにしたいが、ベルナルドはまるで蛇のように密着した距離を取り続ける。

これは地味に嫌になる。

俺の方は大きく武器を振ることができないが、ベルナルドは短剣を自由自在に扱い、間髪を容れずに切りつけてくるのだ。

「どうです、私の短剣使いは！」

「癪に障るが、洗練されているのは否定できないな……だが！　《円風《えんぷう》》‼」

俺は自分を起点として周囲に強力な風圧を放つ魔術を使用する。

ベルナルドは巧妙に立ち位置を変えて俺からの攻撃を避けていたが、さすがに全方向に向けたそれは避けようがなかったようだ。

風に押されて大きく距離を取る。

そこから再度、距離を詰めてくる……と思ったが、意外にもベルナルドはそうはしなかった。

「やっぱり、この程度では決着をつけることは難しいようですね。それでは……《分身《わけみ》》」

ベルナルドが影の魔力を集約する。

属性魔術でも珍しいものだ。

ところによっては闇属性と同じく、迫害の対象になりかねないもの。

もちろん、魔術の属性それ自体に善悪などなく、馬鹿げたことだが、魔族は闇属性に長けていることが多く、人の心を操るような魔術は闇属性のものが有名であるためそのような扱いになりがちなのだった。

ベルナルドが影の仕事を主体にしているのも、名前をあまり宣伝していないのも、もしかしたらその辺りにも理由があるのかもしれなかった。

それでもＳ級になっているのだから、その努力のほどもわかる。

そんなベルナルドが放った術である《分身》は、その名の通り、術者の分身を作ることができる魔術だ。

練度にもよるが、一般的には本人の十分の一ほどの能力しかないものを二、三体出現させるのが限界だと言われる。

だが、襲いかかってきたベルナルドの分身達は、そんなレベルではなかった。

「ここまで鍛え上げるのには苦労しただろう？」

ベルナルドの分身たちの攻撃を避けながら、俺が尋ねると彼は言う。

「正直に言えば、血反吐を吐くような思いをしてきましたが……それは貴方も同様でしょう。強さというものは、そう簡単には手に入りませんから」

「その通りだ、なっ‼」

言いながら分身の内の一体を切りつけると、すっと消えていった。

分身はあくまでも魔術によって作られたもの。

構成を維持できないほどに破壊すれば消える。

だから攻略法は単純だが、問題は……。

「まだ十体以上いるってか……」

周囲には俺を囲むようにベルナルドが十人以上いる。

いずれかは本体だが、分身は区別がつかないほどに本人そのままだ。

こういう場合は魔力の流れを見れば判別可能なことが多いが、ベルナルドはその対策もできているようだった。

「魔力は均等に見えるようにしています。どれが私か、わからないでしょう？」

複数のベルナルドが同じ台詞をまったく同じタイミングで言う。

どこか不気味だが、それ以上に鍛え上げられた技術には尊敬の念すら湧いた。

だが……。

「悪いが俺はこんなところで、負けるわけにはいかないんだ」

「それはまた、勇ましい台詞ですね」

「いや……」

実際はそんないい意味ではなく、ユークの宮廷闘争のためというドロドロした理由だが、そう捉えてもらえるとなんだか少し気分がいいな。

褒めてもらえたようで。

考えてみると、魔王討伐の旅で他人から褒められたことって少なかったからなぁ。

ユークたちはもちろん、褒めてくれたのだが、通り過ぎた町とかではどうしてもユークたちが目立つものだから。

俺自身が旅の最中は目立たないようにしていた、という理由も大いにあるのだけれど。

まぁそれはいいか。

「ともあれ、どこまで耐えられるか見物です。さぁ、行きますよ！」

そして、ベルナルドの分身たちが俺に斬りかかってきた。

それもただ短剣で攻撃するだけでなく、それぞれが魔術まで行使してくる。

いずれもやはり、影の魔術であり、黒い影がうねうねと触手のように動いたり、鋭く尖ったりして俺の動きを妨害してくる。

だが……。

「俺も、使ってみるかな」

「え？」

そして俺は魔術を構成する。

どんな魔術をか。

それは簡単だ。

「……馬鹿な⁉」

ベルナルドから動揺の声があがる。

それも当然で、今や、ベルナルドの分身たちを、俺の分身たちが相手しているからだ。

数は少しばかり少ないが、それでも一対十以上よりもかなりマシになっている。

「なぜ貴方がこの魔術を……貴方も影属性を使えるのですか⁉」

一転、余裕ない様子でそう呟くベルナルドに俺は言う。

「俺は少しばかり器用なんだよ。人の技術を《鑑定》して《模倣》することができる」

「……スキルシード？　いや、ですがどちらもそのようなものでは……」

俺の言葉にベルナルドは少し感づくものがあったようだが、すぐに自分で否定した。

そうなのだ。

俺の持っているスキルシードは、本当にもともと大したものではない。

だから、それのお陰でこのような状況になっているとベルナルドは信じ切れなかったのだろう。

けれど、よく見れば気付くはずだ。

俺の出現させた《分身》がベルナルドのそれよりも練度が低いということに。

ベルナルドの《分身》は、その体のすべてが実体化しているし、動きもまるで普通の人間のように感じられる。

だが、俺の《分身》はよく見ると攻撃を加えている部分……手や剣の先などだけが強く実体化していて、他の部分はかなり希薄な構成になっていることがわかるだろう。

つまり、ベルナルドのそれよりも遙かに脆いのだ。

それなのにどうして打ち合えているかと言えば、こればっかりは単純な剣の腕とリーチの問題である。

俺はこれで、長年ユークに剣術を学んできた。

あいつは剣の腕については並ぶ者がいないほど優れている男で、そんな彼にある程度認められるくらいの腕前になったということは、そんじょそこらの剣士にはそうそう負けないということを意味する。

ベルナルドはS級であるから、その辺の剣士とはとても言えないけれど、短剣と剣のリーチの差があるし、やはり真正面からの打ち合いという意味では俺の方に軍配が上がるようだった。

かつて、ユークとは毎日のように模擬戦をしていたし、そういう戦いに、俺は慣れているのだ。

「さて、それでどうする、続けるか？」

すべての分身を蹴散らし、そして最後のひとりになったベルナルドに剣を向けて囲む、複数の俺。

ベルナルドはそれでも短剣を構えて、逆転の一手がないか考えているようだったが……。

「……いえ、どうやらここまでのようです。降参です」

その言葉の後、俺の勝利を告げる司会の声が闘技場に響いたのだった。

＊＊＊＊

「三位決定戦は、ベルナルドの勝ちか」

俺とベルナルドの戦いが終わった後、三十分ほどの休憩を挟んで三位決定戦が行われた。

対戦したのはもちろん、イラとベルナルドであり、この戦いは非常に盛り上がった。

どちらも実力が確かであることはすでにはっきりしていたし、それ以上にふたりの戦い方はタイプが異なる。

どういう試合になるか、みんな楽しみにして見物したわけだが、その軍配はベルナルドに上がった。

実力的にはイラもベルナルドも大きな差はなかったのだが、どちらかというとイラの方が消耗していたのが大きかったように思う。

それほど、精霊術の負担というのは大きかったのだ。

一時間休んだくらいでは回復しきれなかった。

「ええ。イラさんも頑張ってたんですけどね」

そう応じたのはシャーロットだ。

イラと戦っただけあって、三位決定戦では彼の方を応援していたようだが、負けてしまったので少し残念そうだ。

「勝負は時の運と言うし、仕方がないだろうな」

「のんびり話してるけど、あんたら決勝の対戦相手同士だろう？　そんなんでちゃんと戦えるのかい？」

そう言ってきたのはヘルガである。

控え室のテラス席で、一緒にイラとベルナルドの戦いを見物していたのだ。

そんな彼女に俺とシャーロットは目を合わせながら言う。

「そこのところはちゃんと切り替えるから大丈夫さ」

「そうですよ。それとこれとは別ですからね」

俺たちの言葉にヘルガは微妙な顔をする。

「まぁそれならいいんだけどね……おっと、そろそろみたいだね。呼ばれているよ」

彼女の言う通り、控え室の方から俺とシャーロットを呼ぶ声が聞こえた。

俺たちは席から立ち上がる。

「ま、ふたりともせいぜい頑張ってきな」

「あぁ、そうするよ」

「見ててくださいね！」

そして俺たちは闘技場ステージに向かう。

＊＊＊＊＊

『さぁ、魔王討伐記念闘技大会も、ついに決勝戦を迎えます……』

闘技場内に、司会のそんな声が響く。

『世界各地から集まった猛者、八百人以上の中から、ここまで勝ち残ったふたり。その実力のほどには誰も疑問を差し挟むことはないでしょう。しかし！　いったいこのふたりのどちらが強いのか……否、最強なのか⁉　それを知りたいと願うのは、人として当然の欲求でしょう！」

随分と煽るものだな、と思うが大会とはこんなものだろう。

観客達もそれを楽しんでいるようで、歓声はどんどん大きくなっていく。

司会は続ける。

『それでは、そろそろ決勝戦でぶつかり合うふたりの勇士を紹介しましょう……まずは、いったいどこにこんな術士が隠れていたのか⁉　その種族特有の美貌と、精霊術でもってここまで勝ち上がってきたうら若きエルフ！　その名は、シャーロットッオォ‼』

エルフであることを隠さなくていいのか、と思うが、精霊術をあれだけ派手に使ってしまった時点でもうバレているも同然だからいいらしい。

イラもベルナルドと戦っていた時はすでに諦めていて、フードもローブも脱ぎ捨てて素顔で戦っていた。

シャーロットも同様にするということだ。

もちろん、ハイエルフであることをバレてはならないわけだが、そちらについては自分たちから言わなければ見た目からはわからない。

ちなみに、今回から素顔をさらしているのになぜ司会は即座にこんなことを言えるのか。

それは、司会は煽り文句を考えるために先ほど控え室にまで来て、俺たちに色々聞いてきたからだ。

決勝手前までは即興だったが、さすがに最後に関してはということらしい。

まぁ気持ちはわからないでもない。

シャーロットはサービス精神なのか、司会の言葉で歓声をあげた観客たちにわざわざ手を振ってあげている。

それによってさらに歓声は大きくなる。

エルフの中でも見目麗しい姫であるシャーロットにそうされれば当然と言えば当然か。

しかしこうなってしまうと、俺の立ち位置は……。

少し不安になりつつ、司会の声を待つ。

すると司会は続けた。

『対するは、鷹の面を被る謎の青年。予選からしてすでに不気味な雰囲気を漂わせ、すべての試合においてほぼ無傷でここまで上がってきた実力者。しかしその仮面の奥にいかなる素顔があるのかは誰も知らない……孤高の戦士、グレイだぁぁぁ‼』

俺の方は別に素顔を晒す理由はないので今も仮面を被ったままだ。

しかし、本当に煽るな……。
観客はこの声に対して、色々言っている。
「おい、仮面を脱げ！」
「シャーロットちゃんに勝ちを譲れ！」
「ずっと無傷なんて、なにか卑怯な手を使ったんだろ‼」
そんなのが多めだ。
もちろん、反対に期待する声も聞こえてくるが、こういうところは不思議だな。
非難の声の方が遙かに通って聞こえてくる。
いや、怒ってはいない。
怒ってはいないのだが、ちょっとイラッとするのは事実だ。
……まぁ、いいか。
『このふたりの戦いの行方は⁉　ぜひ、その目で確かめていただきたい！』
長く続いた司会の言葉も、そろそろ終わりそうだ。
俺とシャーロットはそれを察して、武器をお互い構える。
俺は剣、そしてシャーロットは細剣だ。
それを確認したのか、司会は少し間を空けて……。
『では、両者の準備が整ったところで……試合、始め‼』

そう言った。

＊＊＊＊＊
「《来たれ、ノーム》《来たれ、ウンディーネ》」

試合開始の合図の直後、そう精霊語で唱えたのはもちろん、シャーロットだった。

俺には精霊術は使えないが、精霊語については辺獄にいる間に少しだけ教わった。

エルフはそれを使い、精霊と意思疎通をして使役するという。

実際、シャーロットの声が響いた後、なにかの気配が彼女の周囲に纏わりついた。

まともに戦っているシャーロットを見たのは今回が初めてなので、彼女の手の内はほとんど知らない。

フローラは色々とお互いに試していたようだけどな。

だから、俺が取れる行動はあまり多くはない。

その中でも、最も積極的な手段に出ることにする。

つまりは、とにかく攻撃である。

地面を踏み切って俺はシャーロットに襲いかかる。

しかし……。

「《ノーム、守って》」

その声と共に、シャーロットと俺の間に岩の壁が出現した。

精霊術の恐ろしいところはここにある。

魔術よりも遙かに詠唱が短く、そして強力であるということだ。

もちろん、魔術もそれなりの腕になれば詠唱せずに使うことも可能である。

けれど、その場合には術の威力は小さく、正確性も低下する。

精霊術にはどうやら、そういうことはないようなのだ。

精霊にお願いをする、指示をする、そういう形式の術であるため、ひと言で術を実現できる。

そして精霊は自然そのものであるため、複雑な構成で理に干渉する必要はなく、まるで手足のようにその自然を操ってしまうのだ。

この岩の壁もまさにそのようなもの。

強度も恐ろしいほどに高く、俺の剣を弾いてくる。

さらにシャーロットは続ける。

「《ウンディーネ、水の矢を》」

数十もの水の矢が出現し、すべてが俺を標的として打ち込まれる。

俺は慌てて避けるが、それだけでは無駄なことをすぐに悟る。

いずれの水の矢も、直進することなく、俺が避けると同時に向きを変えてくるのだ。

これから身を守るためには、切って落とすしかないと察し、俺は闘技場ステージを縦横無尽に駆け回り、落としていく。

しかしそんなことをしている間に、シャーロットはさらに大きな精霊術を発動させていた。

「《ノーム、サラマンダー、火炎の岩を落として》」

頭上に強烈な熱量の物体が出現する。

結界の中がその熱で急激に高音になるが、意外にもシャーロットは涼しそうな表情だった。

どうやら、彼女にはこの熱は無効化されてしまうらしい。

魔術であればこれだけの現象を実現すれば、術者にも影響があるものだが、そういうところでも精霊術は便利らしかった。

そんなことを考えているうちに、巨大な火炎岩は俺に向かって射出される。

逃げ場はない。

闘技場ステージの外に出れば失格になり、その時点で敗北となってしまうからだ。

かくなる上は……。

「真正面から、受けきるしかないな」

俺は剣を構える。

そして振りかぶった。

剣には強い魔力を込めて、振り下ろす。

――キィン。

と、高い音が鳴り響いた。

その瞬間、火炎岩は真っぷたつに切り裂かれ、そしてがらがらと崩れ落ちた。

そのままの勢いで俺は地面を踏み切る。

巨大な岩のお陰で、シャーロットは俺の位置を少し見失っているようだったからだ。

まさかこれを避けられるとも考えていなかったのかもしれない。

それを逆手に取る。

「……おっと、これは……」

シャーロットは目を見開いた。

というのは、その時にはすでに、彼女の首筋に剣の切っ先が向けられていたからだ。

「意外に、あっけない幕引きだったな」

もっと時間がかかるかも、と思っていたがそうはならなかったようだ。

シャーロットはこれに首を横に振る。

「いえ、あれを対処された時点で、私がクレイさんにできる攻撃はもうありませんでしたから」

「そんなことはないだろ？」

「色々な術は使えますけど、威力の面でクレイさんがダメージを受けてくれる想像がつかないので」

「俺を耐久力の高い魔物とでも思ってるのか？　そんなことはないと思うんだが……」

「そう思っているのはクレイさんだけですよ……まぁ、いいです。それよりも、私の負けです。降参です」

そう言ってシャーロットは両手を挙げた。

司会が確認し、頷く。

そして結界が解かれ……。

「ついに、ついに決着！　魔王討伐記念闘技大会、その優勝者は……謎の戦士、グレイィィィ!!」

そんな声が響いたのだった。

＊＊＊＊＊

「よくやったのう、クレイ」

そう言って酒場《欠けた月》の中でグラスを合わせたのは、言わずと知れた賢者テリタスだった。

「ありがとう。結構大変だったよ」

「なにを言うか。魔王討伐より遙かに楽じゃろうて」

「それはそうなんだけど……あんまり強力な魔術とか強化とかは使わないようにしてたからさ」

これは事実だ。

魔王と相対した時に使っていたような魔術や身体強化などを、俺は今回の闘技大会の中で一度も使っていない。

それどころか、どちらも必要最低限のそれで済ませるようにしていた。

「確かに。しかし仕方あるまい。闘技大会の本戦出場者相手にお主がそれらを使っていたら、死人を出していたじゃろう」

「どうだろうな」

とぼける俺に、フローラが呆れた声で言う。

「確実に出してたでしょ。あんたの魔術も本気の剣の一撃も、私の結界を普通に壊すんだからね。まぁでも、ちょうどいい戦いにはなってたんじゃない？　どの試合も見応えあったし、見世物としては正解だったと思うわ」

「ならよかったが……明日はどうなるんだろうな」

「ユークに対しては本気でいいんじゃない？　ねぇテリタス」

水を向けられたテリタスが少し考える。

「うーむ。そうじゃな。それくらいやった方が、目的のためにはいいじゃろう」

「いいのか？　やりすぎて国に追いかけられるみたいなことになるのは勘弁だぞ？」

あり得る話だ。

魔王を討伐したユークよりも強いと示してしまったら、新たな脅威は俺ということになるかもしれない。

しかしテリタスはその辺り適当だった。

「そこはユークに頑張ってもらうつもりだからのう。わしは保障できんが……」

「おい。そこは安心するといいとか言ってくれよ」

「もしもの時は、私と駆け落ちでもしましょうよ」

フローラが酔っ払っているのかそんなことを言う。

駄目だな、これは……。

それにしても、なんだか懐かしい雰囲気だ。

魔王討伐の旅の中でも、こんな風に話したものだ。

ユークがいないのが寂しいが、明日の試合を終わらせれば、彼も余裕ができて四人で会えるようになるだろうか。

そうなるのなら、俺は……。

「はぁ。まぁ仕方がない。まずいことにならない程度に、頑張るか」

そう思ったのだった。

第五章　勇者と荷物持ち

ユークの――《勇者の天覧試合》の日がやってきた。

これまでは模擬戦と言ってきたが、正式にはそういう名称らしい。

「どちらが勝つと思う？」

「勇者のユーク殿下だ、って言いたいところだが、相手がＳ級冒険者三人だし、簡単には決められないな」

「さすがに三対一じゃ厳しいんじゃないか」

「いや、魔王を倒したんだぞ。Ｓ級冒険者がいくらかかっても倒せない相手だ」

「ユーク殿下は聖女と賢者と一緒だったんだし、それを考えると……」

観客席ではそんな風に様々な人間の予想が聞こえてくる。

ちなみに、今日、俺とシャーロットは観客席の方で観戦することにした。

闘技大会本戦出場者は昨日のバルコニー席を今日も使っていいと言われたが、リタやキエザたちと一緒に見たいからな。

あっちはあっちで一緒に戦った実力者たちがだいたいいるだろうから楽しそうではあるのだが、どうせ俺は後でユークに呼ばれる予定だし、そこまで長時間いないと思ってこっちを選んだのもある。

「さてさて、クレイはどう思うの？」

フローラがそう尋ねてくる。

今日も彼女は結界設営の協力をしたわけだが、すでに結界は張ったためここにいる。

結界は張る時が最も大変なのであって、維持だけならテリタスでも問題はない。

「そりゃ、言わなくてもわかってるだろ。どう考えてもユークの勝ちだ」

「そうよねぇ」

そんな話をする俺たちにシャーロットが尋ねる。

「あの、そこまで強いんですか、勇者様って」

彼女はユークに直接会ったことがない。

だからわからないのだ。

俺とフローラは顔を見合わせてから話す。

「少なくとも剣の腕前じゃ、俺は絶対に勝てない」

「辺獄の黒竜程度なら二秒で首落とすわよ、ユークは」

「えぇ……おふたり以上の化け物なんですね……」

「化け物か。一番その形容が似合うのは、もしかしたらユークかもしれないな」

「冗談だったのに、素直に頷かれるとは……わかりました。実際に試合を楽しみにします」

そして、会場にユークが入ってくる。
その瞬間、割れんばかりの拍手が観客席から巻き起こる。
やっぱり、魔王を討伐した勇者の人気というのは凄まじい。
ユークも気負いなく手を上げ、笑顔を観客たちに振り撒く。
ああいうのは慣れっこだな。
それから、Ｓ級冒険者三人も入場してくる。
昨日のベルナルドもそこにはいた。
試合の後にも少し話したが、ユークと戦うひとりだと聞いたときは驚いたな。
だがそれだけの実力はある。
他のふたりも遠目からもわかる実力者だ。
だが……。
「ユークの前では、力不足だろうな」
俺はつい、そう呟いてしまう。
「ユークの力が足りなかったことなんて、魔王討伐の最後だけよ」
フローラが苦笑してそう言う。
確かにその通りだ。
「試合、始まるみたいだな。賭けるか？」

「そうね、五分かな」

「俺は一分だ」

見るに、S級冒険者たちはさすがに直接対峙して色々と理解したらしい。

余裕のあった雰囲気が、ユークが剣を構えた瞬間霧散した。

冷や汗すらかき始めたくらいに。

そして、試合開始の合図がされた。

その瞬間、S級冒険者たちは一斉にユークに殺到した。

いずれも恐ろしいほどの速度だ。

あの三人なら、それなりの時間をかければ辺獄の黒竜にも勝つことはできるだろう。

けれど……。

「……あぁ、私の負けみたいね」

フローラがそう呟く。

俺たちの視線の先で、ユークが軽く剣を振った。

すると三人の冒険者の武器が砕かれてしまう。

それでもひとりは諦めずに素手で殴りかかったが、剣の平の部分で叩かれて吹っ飛んでいき、
結界にぶつかってずるずると崩れ落ちる。

相当な力で衝突したようで、結界の一部に罅《ひび》が入っていた。

「あの馬鹿力……また張りにいかないといけないじゃない」

フローラが文句を言う。

「次はもっと強度出してくれよ」

「わかってるわよ。本気出すのなんて、魔王と対峙した時以来だから、腕が鳴るわ」

そんな俺たちに、シャーロットが言う。

「おふたりとも、あの結果に驚きはないんですね……？」

「そりゃあな。むしろ武器を犠牲にして一撃目を耐えた三人の方に驚いてるよ」

「確かに言われてみるとそうね。四天王ならいい勝負できるわ、あの三人」

「次元の違う話です……」

なんかがっくりとしてるシャーロット。

そんな会話を俺たちがしていると、司会がユークの勝利を宣言し、闘技場には割れんばかりの歓声があがった。

それから……。

『おっと、ここでユーク殿下から提案が……？　なるほど、それはおもしろそうですが……はい、はい。国王陛下から許可が出ました。では……。先日行われた闘技大会優勝者のグレイさん！　勇者ユーク殿下から、貴方との模擬戦の申し込みがありました！』

司会のそんな声が会場に響く。

観客たちはその提案に静まり返る。

先ほどの試合もおもしろかったが、闘技大会優勝者と勇者との戦いなどという、好カードまで見せてくれるのかと。

そういう期待の空気が感じられた。

これを断るのは、無理だろう。

そもそも俺は断るつもりもないからな。

フローラが俺の背中を叩いた。

「ほら、行ってきなさいよ。勇者の親友」

「あぁ。勇者の名前を地に落とすのは申し訳ない気がするけどな」

「それはそこそこで許してやりなさい……というか、本当の本気でやったら私の結界も壊れない自信ないからね」

「……ほどほどにします」

そう言ってから、俺は懐から仮面を取り出して被ってから立ち上がり、司会に合図を送る。

俺がまさに先日の優勝者なのだという合図をだ。

それに気付いて、大会運営職員と思しき人物が走ってきて、俺に拡声魔道具を渡してきた。

なにか盛り上がることを言えということだろう。

あんまり目立ちたくなかったのに……。

ただこうなったら、もう仕方がないか。

腹を括ってやってやろうじゃないか。

『……あー。ユーク殿下。たった今行われた申し込みに対してお返事いたします。私のような人間が勇者であるユーク殿下相手にどれほど戦えるか、いささか自信はないのですが……喜んで勝負をお受けします。その時ばかりは、王族へ武器を向ける不遜、お許しくださいませ』

聞きようによっては打ち首ものだが、この国の王族はこういうところは緩いというか、気にしないからな。

問題はないはずだ

あっても最悪逃げればいい。

実際、ユークは拡声魔道具を手に取り、俺の方に視線を向けて言った。

『よく言った、グレイ。昨日君の戦いを見た時から……いや、もっと前からかもしれない。君と、ぜひ戦いたいと心が騒いでいるんだ。武器を向ける不遜？　構わないとも。ぜひ、殺す気で来たまえ。たとえ私が死んでも、決して罪には問わないこと、それどころか最上の栄誉として讃えることを、魔法契約によって誓おう』

この返答に、会場は盛り上がる。

ユークの自信と、俺の不遜さというのはわかりやすい対立軸だ。

魔王がいなくなって、明確な悪というのがなくなってしまったからな。

そういう物語を、人は求める。

俺は拡声魔道具を職員に返し、それから案内に従って控え室に向かった。

＊＊＊＊＊

「こんな機会がここまで早く訪れたのは意外だったよ、クレイ」

闘技場ステージの結界の中、ユークは俺にそう言った。

声は外には聞こえていないので、なにを話しても問題ない。

「俺も意外だったよ。ユークならもっとうまく宮廷を泳ぐと思ってたしな」

「コンラッド公爵のことかい？　まぁやりようは色々あったけどね。一番簡単だったし、ついでに君と戦える道筋を作れそうな気がしたから乗ってやったんだよ」

「わざとだったのか……。その公爵は、今どんな顔してるんだろうな」

ユークを潰す気でＳ級と戦わせたのだ。

それなのに、一分で全滅させてその力を示したユークにコンラッド公爵はなにを思っているだろう。

「唖然としてそうだけど、ま、どうでもいいさ」

「そうなのか？」

「正直、あの人の不正やらの証拠はすでに集めきっていたからね。今日がどうなろうとそもそも終わりだったんだよ」

「え」

「僕が闘技大会一本に賭けるわけがないだろう？」

「そりゃそうだが、どうやって」

「彼の息子を僕の派閥に引き込んでね。コツコツ証拠を集めさせた。他にも色々と」

そうなのだ、ユークにはこういうところもある。

貴公子然として、なにも悪いことなどしないような顔をしながら、その実、誰よりも狡猾なところだ。

「なんだよ、心配してこんなところまで出てきた俺が馬鹿みたいじゃないか」

「そんなことはないさ。僕は親友の友情を確かめられて、嬉しかったし……こんな機会でもなければ、今後君と本気で戦うことなんて難しそうだからね」

「暇な時に辺獄に来てくれれば、いくらでも戦うぞ？」

「え、そうなのかい？　僕が行ってもいいのかな……」

「全然構わないが……なんだ、なにか遠慮してたのか？」

「だって、君、最後の挨拶もしないで王都を出ていってしまったし、来てほしくないんじゃないかと」

「あー……いや、それはみんな忙しそうだったからさ。悪かったよ」

素直にそう言うと、ユークはほっとした顔で言った。

「そうか。安心したよ……でも、僕を不安な気持ちにさせた落とし前はつけてもらわなきゃね」

「どうすればいい？」

「今日、本気で戦うこと。それでいいよ」

「いいのか？　手加減しないぞ？　皆の前で勇者が負けるぞ？」

「さっきも言っただろう。今日の結果は、僕の立場に影響はないって」

「あぁ、そうだったか……。ま、でも最後は考えた方がいいだろ」

「そうしてもらえるとありがたいけど……そこまでは本気でね」

「わかったよ」

そして、司会の声が響く。

『……それでは、勇者ユーク対闘技大会優勝者グレイの試合、始め！』

その瞬間、俺とユークは同時に地面を蹴っていた。

——ギィン‼

という音が鳴り響き、お互いの剣が合わさった衝撃を感じる。

結界がバリバリと音を立てて揺れた。

「最初から本気か」

俺がそう言うと、ユークは笑う。

「これが本気？　いいや、小手調べに過ぎないね」

そしてユークは俺を弾き飛ばす。

空中で俺はくるりと体勢を整え、結界を足場にすぐに前を向くと、すでにユークが迫っていた。

「くそっ！」

「ほら、クレイ。いくよ」

そこからユークはひたすらに剣撃を浴びせてくる。

俺はそれを弾き続けた。

どの一撃も、命中すればそれだけで行動不能になるほどの強力な攻撃だ。

それこそ竜の首すら容易に落とせるもの。

これがユークだ。

勇者であるが、その実力は至極単純なもの。

ただひたすらに、強力な剣術を扱う。

それだけだ。

しかし、ただそれだけでいかなる相手も切り伏せることができる。

「……《爆炎波》‼」

俺は間隙を縫って無理やり距離を取り、闘技場ステージすべてを焼き尽くすくらいの魔力を込めて魔術を放つ。

けれどユークは剣を両手で持ち、そして正眼に構えてから振り下ろした。

すると……。

「……魔術を、切ったか」

俺の放った魔術はまるで初めからその存在がなかったかのように、消滅してしまった。

ユークはなにを聞いているのか、という表情で言う。

「君だってできることじゃないか」

そう、確かにそれはその通りだ。

だが、この規模のものをそこまで容易に切ることはできない。

魔術には起点があって、そこを破壊すれば物理攻撃であっても消滅させることができる。

これは理論的には正しいが、実現するにはそれこそ、ミリ単位でその起点を破壊する実力がいるからだ。

当然の如く、巨大な魔術になればなるほど、難しくなる。

それなのにユークは一瞬で起点を見抜き、そして軽く剣を振るうだけでそれを破壊した。

恐ろしいことだ。

「お前ほどにはできないよ」

「まぁ、それはそっか。これを君に教えたのは、僕だからね……さぁ、クレイ。小手先の技はもういい。すべて出して、向かってくるんだ」

「小手先のつもりはないんだけどな……」

「僕を魔王だと思って戦えと言っているのさ」

「わかっているとも……後悔するなよ‼」

そして俺は、言われた通りにする。

俺が魔王を倒せた理由は、ユークと、フローラ、それからテリタスに学んだすべてを、同時に扱えたからだ。

それぞれの技術は、それぞれに及ばない。

だが、すべての技術を、それぞれにわずかに劣る程度のレベルで扱うことが、俺にはできた。

魔術による身体強化、法術による防御術、そしてユークに教わった無駄のない合理的な剣術……。

すべてを合わせれば、俺は勇者パーティーの誰よりも、強い。

彼らに学んだすべてを乗せて構えた俺を見て、ユークは嬉しそうに笑う。

「それだ、それだよ……。さぁ、来るんだ、クレイ。あの時見られなかった君の限界を、僕に見せてくれ……‼」

「あぁ……死ぬなよ……‼」

そして俺は地面を踏み切った。

＊＊＊＊＊

――バリィン‼

という轟音と共に、闘技場ステージの結界が壊れる。

それを私、フローラは見ていた。

クレイの全力と、ユークのそれがぶつかり合ったからだ。

恐ろしいほどの圧力が結界内に発生して、それが結界を破壊してしまった。

その衝撃で起こった風と、魔力のぶつかり合いで生じたまぶしい光に観客たちは目を瞑った。

だから、それをしっかりと見ることができたのは、それを予測していた私とテリタスくらいだろう。

「……まったく。わしらの弟子は、とんでもないのう」

結界をもう一度構築するために全力を注ぎながら、テリタスがそう言った。

「そうね。クレイの勝ちだわ……でも、うまくやったみたい」

あの瞬間、クレイの剣は確かにユークの剣を破壊し、そしてその首筋に切っ先をつけた。

だが、それと同時に、クレイの剣もまた、自壊するように壊れてしまった。

おそらく最後の最後に強力な魔力を注いでそうなるように仕向けたのだ。

結果、光が静まった時、そこに残っているのは、剣身が壊れ、柄だけになったものを手に持って立つ、ふたりの男だけだった。

ユークは柄を投げ捨て、クレイに握手を求める。

それにクレイは答えた。

司会が言う。

『これは、いったいなにが起こったのでしょう……!?　しかし、どちらも武器が壊れている！これは引き分けか!?』

つまりはそういう話に持っていきたくてこの状況にしたわけだ。

「これで大丈夫なの？」

私がテリタスに尋ねると、彼は少し考えてから頷いた。

「ま、問題なかろう。というか、ちょうどいいところじゃろうな。この国に魔王を倒せる世界最強戦力がいる、というわけではなく、それと戦えるような才能も市井に存在しうるとこれからは主張できるのじゃから」

「国としては最強の方がよさそうだけど」

「強すぎる力を持つと、問題になる。たとえば、この国以外がすべて団結して攻めてくるとかな。ユークひとりですべての戦線を担当することはできん。魔王はそれができる能力があったから脅威だったわけじゃからな」

「なるほどね……」

そして、闘技大会と、ユークの模擬戦は終わった。

ちなみにその後の顛末だが、ユークの政敵であるコンラッド公爵はあっさりと失脚した。

彼の息子が大量の証拠を集めて、告発したからだ。

本来なら公爵家自体のお取り潰しになるほどの真っ黒さだったが、公爵の息子自身が告発したことで、いくつかの領地を取り上げられるだけで済まされた。

ユークに聞けば、そもそも公爵の息子が最初からユーク派で、うまくやっただけということらしい。

勇者様は宮廷政治もうまいのだな、と私は思ったのだった。

＊＊＊＊＊

「それで、そろそろ戻る？」

大会も終わって数日経ち、王都の熱狂も徐々に落ち着き、日常に戻りつつある。

そんな中、ホテルでフローラが俺にそう言った。

「そうだな。みんなの用事もだいたい終わったことだし……お前ももういいんだろ？」

フローラは教会関係で色々としなければならないことがあるからと、数日の滞在を望んだのだ。

別に先に帰ってもいいとは言っていたが、そうするとフローラは改めて馬車を乗り継いだりしなければならないだろうから面倒くさいだろうと思って、待つことにした。

俺たちも改めて王都観光をしたかったのもあるし、それ以外にもいくつかやることがあったからだ。

「ええ。聖水作ったりなんだり、やるべきことはやったから、しばらくは教会も私になにも言ってこないはずよ」

「辞めることはできなかったか」

「言っても頼むからそれはしないでくれと泣かれたから……。じゃあこれからは私のやることに注文つけないようにって言ったら通ったのよ。ただそれだけだと良心が痛んだから、強い浄化をつけた聖水とかアミュレットとか作れるだけ作ってやったわ」

「意外に優しいな」

「聖女様だからね」

冗談めかしてそう言うフローラ。

実際、フローラは優しいし聖女様なので間違いではないのだが、正面から言うと否定するのでこんな言い方にいつもなってしまう。

ちょうどいい距離感かもしれないが。

そんな話をしていると……。

――コンコン。

と扉が叩かれる。

「どうぞ」

俺がそう言うと、そこからシャーロットとメルヴィルが入ってくる。

「あ、フローラさんもいらっしゃったんですね。キエザ君は……」

「ええ。キエザはリタのところにいるわ」

本来の部屋割りは俺とキエザ、リタとフローラ、なので組み合わせが違うのはそういうわけだ。

「それより、どうしたの？」

フローラが尋ねると、シャーロットが言う。

「その……ちょっとお願いがありまして」

「お願い？」

「こちらのふたりを、馬車に乗せてもらえないかと……」

そして後ろから現れたのは、ふたりのエルフだった。

ひとりは見覚えがある。

「イラか」

俺の言葉に、イラは答える。

「ええ。控え室ではどうも」

「もうひとりは……あんたの主か」

「ご存じでしたか」

「シャーロットとメルヴィルからだいたいの事情は聞いているからな」

「なるほど。では改めて。私はエルフィラ聖樹国のエルフであり、守護戦士のイラです。こちらは……」

そして紹介された青年がフードを取って頭を下げた。

「ファルージャと申します。エルフィラでは、一応指導者の立場にありまして……。今回は、ご迷惑をおかけしますがどうか……」

「ファ、ファルージャ様。人族に、そのような……」

イラが慌てるが、ファルージャの方は首を横に振った。

「メルヴィル殿からも聞いておるだろう。この方は闘技大会でグレイと名乗っていた方だ。ただの人族ではない。今回のことでも、協力を求めるべきだ」

「それは……そうですね……すみませぬ」

イラがそして頭を下げてきた。

「いや、構わないが……話が見えないな」

「実は……」

そこから、イラとファルージャは、彼らの国にある聖樹の危機について語った。

てっきりこのふたりはハイエルフ関連だけで来ていて、そのために辺獄に向かうものかと思っていたのだが、そうではないらしく意外だった。

だが、話を聞くに中々深刻そうなのも理解できた。

「危機はわかったが……俺に協力できることなんてあるのか？」

聖樹を救うためにはハイエルフの涙、獣王の息、そして魔人の角が必要だというが、いずれも俺がどうこうできるものではない。

ハイエルフの涙に関してだけは、シャーロットかメルヴィルがどうにかできるだろうが……。

「いえ、メルヴィル殿がおっしゃるには、辺獄でどれも手に入るものだとのことなので……」

ファルージャがそう言ってメルヴィルを見た。

「本当なのですか？」

俺がメルヴィルに尋ねると、彼は頷いて言う。

「本当のことです。以前説明しましたが、辺獄にはわしら以外にも亜人種族がいくつかおるのです。獣人と魔人もおります」

「なるほど。でも、それならばメルヴィル殿がそれらの種族にお願いして素材をもらってくればいいのでは？」

どう考えてもそれが一番単純だろう。

もしかしたらあまり仲が良くないのかもしれないが、そうだとしてもハイエルフと獣人、魔人だったら、ハイエルフの方が強いはずだ。

力ずくでもいけるのではないだろうか。

少なくともシャーロットの戦い振りを見る限り、俺が魔王討伐の旅の中で見た獣人や魔人なら普通に倒せるレベルにある。

さすがに魔王や四天王、それに準ずる強力な魔人になってくると別だが、通常のものなら……。

そう思っての言葉だったが、メルヴィルは言う。

「それが、彼らとは緩やかに敵対しておりまして……。縄張り争いと言いますか」

「それでも戦ってなんとかならないのですか？」

「通常の獣人や魔人ならそれも可能でしょう。ですが、辺獄の彼らは非常に強力です。まともにやり合えば、いずれかの種族が滅びるかもしれませぬ」

これには俺も驚く。

「そこまでですか……。しかし、辺獄のエルフたちが軒並み外のエルフより強力なことを考えると、それもおかしくはないのか……あ、いえ、おふたりのことを言ったわけでは」

外のエルフであるイラとファルージャに当てこすりのようになってしまったため、慌てて謝る。

けれどふたりは苦笑する。

そしてイラが言った。

「いえ、私は闘技大会でハイエルフの方の力のほどを理解しましたから。そのように考えられるのは当然でしょう」

続けてファルージャも言う。

「私は直接戦ってはおりませんが、観戦はしておりましたので同じ気持ちです。あれだけの術を涼しげな顔で使うことに戦慄しましたよ。仮にハイエルフではなかったとしても、エルフィラにシャーロット殿が来れば、その場で元首として任じられるほどの力でした」

意外にエルフは実力主義なのだろうか。

いや、確か精霊との親和力が重要みたいな話を旅のエルフに聞いたことがあるから、そういうことなのだろうな。

シャーロットは高位精霊を呼び出していたから、あれが高い評価に繋がっているのだろう。

「そうですか。ならいいのですが。それで私の協力というと、やっぱり……」

これにはメルヴィルが答える。

「はい。彼らとの交渉をしてもらえないかと」

「それは武力込みでというお話ですか？」

「物騒なお願いなのはわかっておりますが……他にやりようが考えられず。申し訳ないのですが……」

悩ましい頼みだ。

それをして、いきなり獣人や魔人が村を襲ったりしないのかが怖い。

俺は人族だから、辺獄の外にある村の人間が攻撃してきた、と捉えられる可能性がある。

「即答はできかねますが……なにか、揉めないようにやる方法などはないのですか？」

「それなのですが、獣人の方はなんとかなるかもしれませぬ」

「と言うと？」

「ご存じかとは思いますが、獣人というのは力を信奉しております。そこにつけ込めば、あるいはと……」

確かに獣人にはそういう傾向がある。

要は、強い者に従う、というものだ。

もちろん、善悪とかそういう価値観もあるが、基本的には強いものが偉いという感覚なのである。

だから、その辺りをうまく扱ってやればなんとかなるかもと、そういう話だ。

「獣人の方はそれでいいとして、魔人については？」

「そちらはなんとも……。少し考えてみたいと思います。クレイ殿の方でもなにかいい案があれば出していただけるとありがたいです」

「そうですか……道すがら考えるしかないですね」

そう言うと、イラとファルージャの顔が明るくなる。

ファルージャが言う。

「ということは、我々の頼みを引き受けてくださると……？」

「辺獄における種族大戦争、みたいにならないのであれば、という条件付きでです。そういうことが起こりそうな場合、受けかねますので」

「それで構いません。聖樹様をお救いすることは諦められませんから、なにか方法を探し続けることにはなりましょうが……」

「では、そういうことで。あ、馬車におふたりも乗るのでしたよね。あとふたりくらいならまぁ……乗れるかな」

そして、俺たちは王都を去ることにした。

それほど長い滞在ではなかったが、色々とおもしろい経験だったように思う。

ユークやテリタスとも久々に会えて話すことができたし、いずれ彼らも辺獄を訪ねると言っていたから楽しみだな。

そう思った俺だった。

＊＊＊＊＊

辺獄の奥地。

そこで獣人たちが鋼のような外皮を持つ、双頭の熊のような巨大な魔物と戦っている。

持っている武具はまちまちだったが、一番目立つのは大斧を持つ獅子の獣人の女性だった。

「お姫《ひい》様！　そろそろザックたちは限界でさぁ！　引いた方が……！」

ひとりの獣人がそう言うが、女性獣人は獰猛な笑みを浮かべて言った。

「ったく。情けないねぇ……いいだろう。あいつらは引かせな！」

「あいつらはって……」

「私が後は引き受けるって言ってるんだよ！　この、《大斧のアメリア》様がね！　ほら、早くするんだ！」

「は、はい！　お前ら引け！　引けぇ‼　お姫様が相手なさる！」

すべての獣人が引いた後、アメリアはその巨大な魔物に相対する。

あれだけの獣人が断続的に攻撃した割に、その傷はそれほど深くなさそうだった。

「……ふん。まぁ、中々悪くないが、私の相手をするには力不足だね」

巨大な魔物は、そんな言葉を口にする小さな存在に、大声で吠えて威嚇する。

「ははっ。威勢だけは一人前だ。いいだろう。行くよ‼」

そして、アメリアは大斧を振りかぶって飛び上がる。

その大斧は、巨大な魔物の頭部に命中し……。

――ギャリギャリギャリ‼

という音を立てながら魔物の体をぶった切っていく。

普通なら、鉄すらも弾くと言われるほどの強度を誇る魔物だ。

それなのに、これほど簡単に刃が入っていくのには理由がある。

彼女の持つ大斧、そこには魔力とは異なる《気》と呼ばれる力が込められていた。

獣人族は、種族的に魔術を扱うことが下手なものが多い。

しかしその代わりに、身体能力が非常に高く、そして体を鍛え上げることで生命エネルギーを元とする《気》の力を扱えるようになるのだ。

アメリアはその強力な使い手であった。

そして大斧は魔物の体を一刀両断し、魔物は、ゴゴォン、という音と共に倒れた。

「お姫様がやったぞ！」

獣人の誰かがそう勝ちどきを上げた。

今日の夕飯はごちそうだな、とアメリアも満足する。

そんな中……。

「……ん？」

少し離れた位置に気配を感じて視線を向けた。

「お姫様、どうかしたんですかい？」

男の獣人が尋ねると、アメリアは言う。

「いや、多分、エルフだね」

「あぁ……あの貧弱共ですか」

獣人はその身体能力に誇りを持っているゆえに、筋力のないものを蔑む傾向にある。

といっても、多少あざ笑う程度だが。

「貧弱ではあるが、奴らには魔術や精霊術がある。それらを駆使すれば、私たちとも戦えるほどだ。それに、奴らの族長一族はものが違うという話だからね」

アメリアは族長……自分の父や祖父から、この辺獄に住まうエルフの話を色々と聞いてきている。

その中で、エルフの族長一族には絶対に喧嘩を売るなとまで言われていた。

その理由を聞くと、ふたりとも貝のように口をつぐんでしまうのだが、その反応だけでわかった。

エルフの族長一族というのは相当やばいのだということが。

「しかし、ここ数年奴らはほとんど集落から出てきませんが」

「そうだね。なにか理由があるんだろうが……でもここのところ、森で見かけることも増えてきた。なにか変化があったんだろう」

「……どうしますか？」

「うーん……」

別に、エルフとはことさらに揉めているというわけではない。

ただ、森の縄張りを緩やかに取り合うような微妙な敵対関係があるくらいだ。

魔人たちと比べると遙かにマシと言える。

けれどエルフの事情が変わったのなら、そういう関係にもなにかしらの変化が生じる可能性はあった。

その結果、全面戦争ということになれば問題だ。

それを考えると……

「これは、渡りをつけた方がいいのかもしれないね」

アメリアは、そう思ったのだった。

あとがき

みなさまお久しぶりです。

丘野優です。

ついに本作の二巻がこうして出版されることになりまして、それもこれも、読者の方々、出版社の方々のお陰です。ありがとうございます。

私はいつも後書きにおいて、伝えたいことはこの感謝だけなので、その他に何を書いたらいいのか毎回頭を抱えます。

抱えた上で、何を書いたらいいのか分からない、近況としてはこういうことがあった、そういえば私の趣味は……などといったどうでもいい話で紙面を埋め、どうにかお茶を濁すことでなんとかしているのですが、最近はそれも苦しくなってきてどうしたらいいのかもはや分かりません。

突拍子のないことでも書けばいいのかもしれませんが、小説家であるにもかかわらず、思った以上にそういうことが苦手というか全く出てこないのでそういうことも出来ません。

そのため、他人の書いた小説を読むと、自分の中には全くない発想を見つけた時に、非常に感心すると同時に羨ましくなります。

最近、色々なところで小説を書くにはどうしたらいいか、みたいな話題を見るのですが、そのことに最も悩んでいるのはむしろ我々小説家であって、毎回書きながら、いったいどうやってこの続きを書けばいいのだろうとのたうちまわりながら、それでも書き進めていくものです。

考えているだけの状態が意外にも一番良くなく、なんでもいいからとりあえず書いてみて、それから読み直し、おかしなところや展開を修正していくやり方が一番捗るような気が、最近はしています。

ただこれも考えもので、そのやり方に慣れて惰性のようなものが始まってしまうと、だんだんそれでは書けなくなっていったりもするのですよね。

常にあれやこれやと試しながら、一歩ずつ進んでいくというやり方こそが、一番地味でありながら正しいのかもしれません。

と、こんなところを書いたところでそこそこの文字数になったような気がします。

今回もなんとかお茶を濁せたでしょうか。それとも苦しいでしょうか。

どちらにしろこれ以上は書けなさそうなのでこの辺で……。

最後に、この本を手に取っていただき、ありがとうございます。

出来ましたらまた次巻でお会いできればと思います。

それでは。

丘野《おかの》優《ゆう》

役目を果たした日陰の勇者は、辺境で自由に生きていきます2

2024年4月26日　初版第1刷発行

著　者　丘野優

発行人　菊地修一

発行所　スターツ出版株式会社

〒104-0031　東京都中央区京橋1-3-1　八重洲口大栄ビル7F
TEL　03-6202-0386（出版マーケティンググループ）
TEL　050-5538-5679（書店様向けご注文専用ダイヤル）
URL　https://starts-pub.jp/

印刷所　大日本印刷株式会社

ISBN　978-4-8137-9326-7　C0093　Printed in Japan

[丘野優先生へのファンレター宛先]
〒104-0031　東京都中央区京橋1-3-1　八重洲口大栄ビル7F
スターツ出版(株)　書籍編集部気付　丘野優先生